2017年度国家社科基金项目
（17BWW055）中期成果

Annals of the
Parish

教区纪事

【英】 约翰·高尔特 / 著

杨金淑、石梅芳 / 译

天津出版传媒集团

百花文艺出版社

图书在版编目（CIP）数据

教区纪事 / (英) 约翰·高尔特著；杨金淑, 石梅
芳译. -- 天津：百花文艺出版社, 2019.8(2020.4重印)
ISBN 978-7-5306-7596-0

Ⅰ. ①教… Ⅱ. ①约… ②杨… ③石… Ⅲ. ①长篇小
说–英国–近代 Ⅳ. ①I561.44

中国版本图书馆CIP数据核字(2018)第292995号

教区纪事
JIAOQU JISHI
(英)约翰·高尔特著, 杨金淑、石梅芳译

责任编辑:张 雪　　　　　**装帧设计:**郭亚红
出版发行:百花文艺出版社
地址:天津市和平区西康路 35 号　**邮编:**300051
电话传真:+86-22-23332651（发行部）
　　　　　　+86-22-23332656（总编室）
　　　　　　+86-22-23332478（邮购部）
主页:http://www.baihuawenyi.com
印刷:山东百润本色印刷有限公司
开本:787×1092 毫米　　1/32
字数:120 千字
印张:7.625
版次:2019 年 8 月第 1 版
印次:2020 年 4 月第 2 次印刷
定价:35.00 元

如有印装质量问题,请与山东百润本色印刷有限公司联系调换
地址:山东省聊城市高唐县光明路东首路北
电话:(0635)3961359
邮编:252800

序　言

在同年同月的同一天，神圣威严的乔治三世加冕为国王，而我被任命为达尔美令教区的主教。一周以后，教区的教众们得知此事，都觉得这是个绝妙的安排。每个人都说我和国王彼此信任，在教会财产安排这方面也和睦团结。他们赞叹着两件事情竟会发生在同一天，相信这一定是上帝的旨意；自然，我和国王注定会联起手来，同衰共兴。果不出人们所料。历年宣布斋戒和感恩时总被高呼圣明的伟大的乔治三世，在后来某一个与加冕同样的季节里被搁置一旁，仿佛一艘价格不菲但裂了缝或是出了故障的轮船，只能作为装饰品发挥些光和热了。而我，由于年事渐高、疾病缠身，也不得不赞同议会最诚挚的恳求，接受阿莫斯先生为我的助手。我极不情愿这样做，尽管在皇家的烛台被搬走时我感受到了一种召唤，但民众对我的尊重和我对他们的热爱超越了这召唤，影响着我的感受和思想，使我无法站出来反对。于是，在一八一○年的最后一个安息日里，我进行了最后一次布道，一场感人至深的演说。那天，教会里几乎所有人的眼睛都湿润了，毕竟我从最初就陪伴着那些老者——年轻人也自然而然地视我为他们的牧师。我与他们全体道别的过程，就像古时候的一位偶像在一群异教徒的包围中被敌人的双手掳走了一般。

敬拜结束，祝福开始前，我以慈父的姿态进行了演说。尽管教会的人比以往我看到的任何时候都多，教堂里噤若寒蝉、针落有声——演说即将结束时，啜泣声响起，教堂被巨大的悲伤笼罩。我说：

"我亲爱的朋友们，我现在永久性地完成了服务大家的工作。从前我经常站在这里向你们讲述真理与圣洁。那么，倘若天性可怜又脆弱的人们践行了我在这讲坛上给出的建议，便没有任何理由在此刻悲伤，为我的任期即将结束而悲伤。但是，尽管如此，我没有理由抱怨。我希望我们总有一天会在那里重逢，我有责任去为你们作证，证明你们是如此温顺和驯良的教徒，其程度远远超出我最初的预料。在你们当中仍有一小部分人，尽管现在白发苍苍手无缚鸡之力，还会记得我上任时遭遇的巨大阻挠，记得他们自己在这场板上钉钉的事件中扮演的顽固角色，毕竟我是由教会任命的；然而他们已经活到今天，认识到自己的错误，知道了传道只是一名忠诚主教的职责中最小的一部分。亲爱的朋友们，考虑到上帝出于赞赏而赋予我的天赋，考虑到我青年时代在格拉斯哥正统大学所受的教育，我或许没有尽一切可能将我的才华有效地应用于这方讲坛，我也不能说在维护和平和慈善方面我做了所有应做的工作。但我已竭尽全力，去探究伴随着对耶稣基督的忠诚而产生的美德，而非个人兴趣。

"在临别之际，我要对年轻的朋友们说，看一看你们父母的生活，听一听他们的话语——他们是平凡、诚实、虔诚的基督徒，他们敬畏上帝，尊重国王。他们相信《圣经》是上帝的圣言。当他们怀着美德去实践其中的训诫时，这一点更是得到了证实。他们心中牢记着先辈们为正义所受的苦难和残害，对他们这一代人能拥有平静的生活和政府的保护而心怀感激。他们辛劳地耕种土地，心满意足地享用着勤谨的果实。的确，他们的善行在此生就获得了报偿，因为他们目睹了上帝对我们民族无处不在的恩赐，在压迫者曾插下旗帜的土地上，在洒满烈士鲜血、战马嘶鸣的土地上，树木生长，田地肥沃。我年轻的朋友们，想到这些你就会知道，在这充满罪恶的世界里，基督徒的职责中最高尚的部分，便是忍耐和承受，只要这种忍耐是人性可以承受的。我并不是在鼓吹被动的服从，那是苏格兰教会一贯摒弃的原则。当苏格兰处于困境中时，她曾如此勇敢地反抗了天主教和高层教会的强取豪夺。但不到万不得已之时，苏格兰从未使用这神圣的反抗的权利。因此，我建议我年轻的朋友们，不要听信那些吹嘘假想政治的人,要相信现有的土地法律是善意的,在你的住所被压迫者占领之前——在那之前,你有自由去束紧腰带,准备战斗,去痛击压迫者,守护被压迫者占领的土地。让匕首在鞘中,直到改邪归正。

"至于你们,我的老朋友们,我们共同见证了那么多改变,但我们即将经历的改变将是其中最大的一个。我们经历了从幼年到成人,看着美丽的青春逝去,我们感觉到自己的肩膀不再扛得起重担;我们的右手不再灵巧敏捷;我们眼睛变花了,头发变白了——我们正迈着短小无力的步伐向着坟墓蹒跚地走去。一些今天本应与我们在一起的老朋友,他们卧床不起,可以说,他们已经临近死亡之门,就像拉撒路在富人的门槛上,病痛缠身,满身是疮,他没有丝毫快乐,只盼望来世的重生。我只能和你们道声再见! 我们的任务完成了——我们疲惫不堪,需要休息——愿我们拥有上天庇佑的余生! 每个人都会经历这场长眠,躺在教区冰冷的草垫下,将头短暂地枕在泥土上,愿我们拥有甜美的梦。直到有一天,我们会被唤醒,去分享荣耀的圣徒们永不停歇的盛宴。"

我讲完了,教堂里长时间地弥漫着庄严肃穆的情绪。在做感恩祷告之前,我坐下来,让自己平静些,因为此刻我心怀宽广,精神悲伤压抑。

我离开讲坛时,全部的年长者都站在台阶上,搀扶我走下来，每个人的眼中都充满泪水，他们扶着我走进议会；但我没办法和他们讲话，他们也没有和我讲话。接着达希尔先生，一个时刻沉着冷静的人，说了几句祷告词，我感觉舒服了许多，起身回家；但是全部的教众，无论年轻或年老者，都聚集在教堂的院子里，他们为我让出一条通往后门的小路，打开那扇门就是我家的花园——一些人在我经过时伸出双手抚摸我，年长者跟在我身后，还有一些人流出眼泪。就好像我就快与世长辞了——这实在是对我任期的报偿——是对我任期的忠实的说明。年复一年，而今，我每天傍晚都会坐下来，去做出补偿，直到我能在我的教区，这样一个小小的地方，见证上帝的善意的显现，看到上帝对教众的关切。正是出于这种关切，出于上帝最崇高的快乐，我成了一名不称职的主教。

第一章　一七六〇年

巴尔惠德尔先生上任——教区居民反抗——寡妇马尔科姆太太——巴尔惠德尔先生成婚

一七六〇年，在达尔美令教区发生了三件了不起的事。首先，我的上任；其次，马尔科姆太太和她的五个孩子搬来定居；接下来，我和我的表妹贝蒂·兰肖小姐成婚。因此对这一年的记录自然要分成三个主题和三个部分。

第一，关于我的上任。这是个伟大的事件；因为我是由教会任命的，并且人们对我一无所知，他们在情绪上的波动变成了对这件事的对抗，为了赶走我，他们极尽所能，以至于我们不得不派出一队守卫士兵来保卫长老会教堂。在去往教堂的路上，我听到短笛声响起，鼓声阵阵，我的心惆怅起来。人们真的很疯狂很邪恶，在我们路过时往我们身上撒土，诅咒我们所有人，指手画脚地嘲弄我；但我很顺从地忍受着，默默地同情他们的固执和盲目。布雷山教区那位可怜的克尔福迪先生，脸被一个巴掌打得红肿，眼睛也险些失明了。

来到教堂门口时，我们发现大门被钉子钉住了，怎么也打不开。士兵中的中士试图破门而入，但是我担心这扇大门外的所有人会对此怀恨在心，抱怨买新门的花费，于是我恳请他放过这扇门；因此，我们就不得不从窗户进去了。许多人跟在我们后面，他们愤怒地大呼小叫，十分野蛮无礼，把主的圣殿弄得像好天气时的小酒馆。进行到唱赞美诗和布道环节时，他们收敛了一些；但当就职仪式开始时，他们的喧闹声开始令人毛骨悚然；托马斯·托尔，一个织布工，一个道貌岸然的狂热分子，站起来抗议说："我实实在在地，实实在在地告诉你们，他不是从大门进的教堂，他是从别处爬进来的，这和一个小偷强盗没什么两样。"我想，有这样一群狂躁的教民，我的日子将会多么艰难而苦涩。鲁格顿教区的主教吉文先生是个幽默风趣的人，即使在郑重的场合也免不了开开玩笑。我被很多只手抓住时，他没办法凑上来够到我，但他伸出权杖碰了一下我的头说："这就够好的了，木头碰木头。"大家都愣住了。吉文先生这句话很不友好，尤其是在这样的时间地点，当着我这些坏脾气的教众。

仪式结束后我们从窗户爬出来，那真是沉重的一天，我们去牧师住宅美餐了一顿。美餐是艾维尔新酒馆的沃茨太太按照我的要求准备的,她还派她的马车夫来帮忙。她的马车夫就和她的仆人一样,她只有一辆马车,也不经常用。

尽管我的人民用这样凶蛮的方式迎接我,我还是决心要培养他们懂些礼仪。于是第二天一早我便开始了第一轮走访视察。但是,哎呀,我要爬的山坡那么陡,得拥有结实的心脏才上得去。我发现一些人家对我大门紧闭;而另一些人家的小孩儿看见我来了,便哭着跑到他们的妈妈身边,说:"虚弱的梅斯·约翰来啦!"我走进他们的房子,他们的父母不会请我坐下,而是鄙夷地说:"诚实的人,你来这里有何贵干啊?"我像个沮丧的流浪汉,一家一家地串着。终于有人礼貌地接待了我,而这个给我施舍的不是别人,正是那个托马斯·托尔,他前几天还在教会羞辱过我。

托马斯围着绿围裙站在门口,戴着一顶基尔马诺克睡帽。我立马认出了他,好像那件事就发生在昨天。他看见我走街串巷,看见我怎样被拒绝,于是动了恻隐之心,用温和的语气对我说:"进来吧,先生,放轻松;这样不行,牧师是上帝的使节,看在上帝的分儿上我们也应该尊重牧师才对。这个教区里应该没人比我更想跟你对着干,但是你上午的拜访是个好征兆,我没想到一只从庇护中飞出来的小鸟能这样做。"我谢了托马斯,跟他进了屋,我们开始了实实在在的谈话。我告诉他不管是放牧，还是喂养这些羊，都不完全是牧师的职责。尽管有些能人比我有头脑，但在苏格兰的境内绝没有一个人更愿意日夜守护羊栏。托马斯说，他已经有一段时间没有听过这么有道理的说法了，如果我坚持这个原则，用不了多久我就能做出一番事情来。"我以前想，"他说，"只要你在教堂，我永远不会踏进去半步。但是我得验证一下，不能不检验就批评。下个礼拜日我会去的，还会说服我的邻居们也去。这样你就不用对着四面空墙和领主一家子布道了。"

现在我得说说马尔科姆太太的到来。她是和船一起在海上失踪了的克莱德船长的遗孀。她是个很有礼貌的人，镇定又井井有条。她整日整夜地坐在她的砂轮前，纺着最细密的软麻布，苍白的手和麻布很相称。她总是带着寡妇的黑纱，那黑纱好像刚刚被从硬纸盒里拿出来一样。孩子们去学校的时候，她的眼里总会噙着泪水；但当孩子们回来时，她容光焕发，面露喜色，尽管这个可怜的女人通常也给不了孩子们什么。他们却被养育成了很棒的小东西，不管她把什么食物放在他们面前，他们都会带着感激之情吃掉。因为他们知道，他们的爸爸，家里的顶梁柱已经去世了。而母亲不得不辛苦地工作来挣出他们的一粥一饭。我敢说，这几个孩子只让他们的母亲苦恼过一次。那天他们家的大儿子查理在学校玩扔钱的游戏赢了四便士，很骄傲地把钱带回来给母亲。那时候我正好要离开，站在门口面对着屋里面说再见：那真是悲伤的一幕。她安静地坐在那儿，脸颊上挂着泪水，查理也泪汪汪的，好像犯了大错，另外的四个孩子表情痛苦地站在旁边。我相信，在那晚之后，查理·马尔科姆绝不会再赌博了。

我总是纳闷马尔科姆太太为什么会来到我们村里，没去个人多的地方。她本可以接管一家店，以她那傻乎乎的性格，经营家店要比从早到晚地纺布好得多，现实是她好像正在拉扯着生命的丝线。但是毫无疑问，由于她的诚实的自尊心，她隐藏着自己的穷困。她的女儿埃菲得了麻疹，这个可怜的女孩病得很严重，人们都觉得她可能熬不过去了，但她开始好起来了，需要很多天来康复，因此成了沉重的负担。我们教会虽然富有，但除了跛脚的塔米·戴多没有人知道这件事，就在那个时候她骑在马上乞讨的事情在整个村子传开了。我觉得我有责任拜访一下马尔科姆太太，表示对他们的同情，提供一些帮助，但是她都拒绝了。

"不，先生，"她说，"我不能接受来自穷苦人的帮助，尽管这帮助这么真诚，我又这么需要它；因为这帮助以后会加在我的孩子们身上，因为这样，当我不能陪着他们的时候，上帝会很高兴地留给他们更好的生活；但是，先生，如果您同意给梅特兰先生写封信，我想借五英镑。他是现任的格拉斯哥市的市长。请告诉他玛里恩·肖会为这五英镑的帮助而感激他。我想他不会不借给我的。"

当天晚上我就给梅特兰市长写了信，在回信中我收到了给马尔科姆太太的二十英镑，他在信里说："得知这样一件小事可以帮助她，我心情沉重。"我把信和二十英镑的钞票送去给马尔科姆太太的时候，她说："他就是这样一个人。"接着她告诉我梅特兰先生是东部乡村一位绅士的儿子。但当他还是个孩子的时候被继母从家里赶了出来。然后他成了她父亲的仆人。她父亲曾经是伊尔科芝的领主，但他挥霍光了财产，离开了她——父亲唯一的女儿；她和姑姑一起生活，马尔科姆船长，也就是她的丈夫，就是姑姑的儿子；他们的生活比乞丐好不了多少。梅特兰市长给她父亲做仆人的时候曾倾心于她。后来他重新获得了他父亲的遗产，在格拉斯哥成了一位大商人。他听说了马尔科姆太太被父亲遗弃的事，来向她求婚，可那时候她已经答应了他表兄的求婚，现在成了寡妇。梅特兰后来娶了一位富有的女士，时光流转，现在他成了市长大人了。但是他这封夹着二十英镑的信表示他还没有忘记他的初恋。这封信虽然短，但写得很好，字迹漂亮，绝对出自一位绅士之手。马尔科姆太太说："怎么能想到只是因为他曾经对我的一丝惦念，他竟会愿意为我的五个可怜的孤儿做些什么呢？"

第三点，关于我的表妹贝蒂·兰肖成为我的第一任妻子的事，我没什么可说的。这段关系更多是出于同情和习惯性的情感，而不是爱的激情。在同一间房子里祖母把我们俩带大，从最初大家就一直说贝蒂和我将来是要结婚的。所以当她听说布莱德兰的领主推荐我去做达尔美令的主教，就开始准备婚礼。所以任命一结束，住所收拾好，我就去埃尔找她，我们秘密地结婚了。我们坐着马车带着她的弟弟安德鲁回了家。安德鲁一直由我们带着，和我们生活，后来他死在了东印度群岛。

我想，这些就是发生在那一年的所有值得一提的事了。还有一件，在圣礼上，年迈的科夫迪先生在帐篷里布道，突然一声雷鸣，教堂里一个听众也没有了；他非常难堪，从此再也没有来布过道。

第二章　一七六一年

走私泛滥——巴尔惠德尔驱散了嚼舌根的茶会——他记录了学校女教师南希·班克斯的美德——一位军人的仆人在法国被囚禁,他回到教区,开了家舞蹈学校

就在这一年,大规模的走私贸易侵袭了整个西海岸,尤其是特伦和楼恩斯的低地地区。茶叶变得像麦秆一样平常,白兰地也成了井水似的,所有的物品都被大肆挥霍。白天游荡的乞丐,夜晚出现的收税官,再加上走私犯和国王部下在水陆两栖展开的战斗,除了这些没什么可忌讳的。到处都是无休止的花天酒地。我们的教区只不过处在罪恶漩涡的边缘上,但也经历了一段糟糕的日子。在自然的能力范围内,我做了所有能做的事,来防止我的人民受到沾染。我讲了十六次《圣经》经文,恺撒的还是归凯撒。我走访、劝阻、告诫、预言;我告诉他们,虽然钱像石头一样滚进来,也会像堤坝上的雪一样消失。尽管我做了很多,罪恶还是来到我们中间,我们一下子就抓住了三个有

争议的浑蛋小子,从宗教改革到现在,这都是埃尔郡的教区里闻所未闻的事。经过一番相当费周折的调查追踪,我们找到了两个小子的父亲;但是第三个小子是梅格·葛莱克家的,被送给了拉布·瑞克坦恩,尽管没人否认这件事,但他们却拒绝认这个孩子;他是个好斗的家伙,冲老人打响指。第二天他被归到斯高奇·格雷家的名单里,这家人当时正好住在埃尔郡,从此我们再也没有听过他的消息,只是觉得他在战斗中被杀死了。直到三年后的一天,教区里有个人的堂兄在印度死了,他到伦敦去拿堂兄留下的遗产。他在切尔西医院附近散步看古玩,恰巧和几位残疾人攀谈起来,他们从他的口音里听出他是苏格兰人。其中一位残疾人年纪很大,头发灰白,有一条木头腿,问他从苏格兰什么地方来;当他说到来自我们教区,这位残疾人大吃一惊,说他也是从同一个地方来的;这老人不是别人,正是这位拉布·瑞克坦恩,和梅格·葛莱克一起和那孩子脱离关系的人。接下来他们促膝长谈,他经历了很多的苦难,最终成了一名好战士,所以他在晚年可以舒服地待在屋子里领养老金;他说他知道自己年轻时做过恶魔的侍者,成年后效忠国工,而老年时光应献给主,听到这些我既快乐又感激;他问到了很多教区的人,他年轻时那些青春的、容光焕发的人们,但他们都已经死掉了,被埋葬了;他的心灵充满了悔悟,每天都读《圣经》,尤其喜爱《约书亚记》《历代记》和《列王记》。

去年，除了安息日傍晚时分在几位继承人的房子里，在这个教区还几乎没有人知道喝茶这码事，现在却已经变得非常流行；普通人不喜欢别人知道他们的奢侈行为，尤其是年长的女人们。因此，她们在小侧房或偏僻的地方活动，就像从前女巫偷喝罪恶的奶酒，她们通常用品脱酒壶泡茶，用壶盖或者小木桶喝，因为她们几乎都没有茶杯和托盘。我清楚地记得在丰收时节的一个夜晚，就在这一年，我在托马斯·托尔家院子后面的树篱笆下感受日落，看着田地里一捆捆的粮食，思考天意之善，我听到他的妻子，还有两三个老妇人，在篱笆里面喝着武夷红茶，毫无疑问……但是我大声地给了他们一个警示，我说上帝能看到一切，接着我听到她们像犯了罪一样，窃窃私语着收起她们的酒壶和木盘子，蹑手蹑脚地回家去了。

在这一年，帕特里克·迪尔沃斯中风瘫痪，（他的妻子说，从安娜·雷吉纳的时代，在国王们获得王权之前，他就是这个教区的校长了）继承者们会对另一个校长产生的花费怨声载道，只要他还活着，这个位置是不会被让给其他人的，我必须要说他们这么做是错误的；因为这样教区的孩子们不得不到邻近的城镇去上学，他们习惯在兜里装上一片面包和一些奶酪作为午餐，晚上回来总是狼吞虎咽地吃很多，长时间的步行使这些年轻的胃口充满自然的渴求。这样,马尔科姆太太两个年长的男孩,查理和罗伯特,经常去俄维尔,很快人们就发现他们离村庄里的其他少年远远的,举止比那些佃农的孩子们稳重文雅。她的两个小孩子,凯特和埃菲的境遇则好得多;因为几年前南希·班克斯在一间房子的阁楼里开始了她的教学,就在约翰·贝恩扩建的杂货店的拐角。南希教她们读书、做长袜,还有缝纫,一周赚两便士。她非常耐心,时刻听从主的召唤。她双眼迷离,脸色苍白,脖子长长的,对一切都顺从且心满意足,怀着一个基督徒的谦恭,忍耐这世间的痛苦。走进她整洁的阁楼,好像饮一杯甘露酒,因为她让学生们每天早晨轮流把屋子收拾干净。此后很长时间,在南希·班克斯的学校学习的女孩子们,经常被大家赞赏,她们彬彬有礼,婚后把房间收拾得一尘不染。总之,我在此任职的这段漫长的时期内,还没有哪一个人,比令人尊敬、纯洁无邪的南希·班克斯老师做了更多来改进教区民众料理家事的方式;她的离开是一个巨大的损失,人们希望她搬到更好的地方;但是关于这件事,后面我还要详尽地说一说。

在这一年,我的资助人布莱德兰领主与世长辞,我在他的葬礼上做了祷告;但他在这个教区并不受拥戴,因为他确保了我的主教地位,我的人民永远不原谅他这一点,尽管他们和我的关系开始变得密切。这部分是源于我的第一任妻子贝蒂·兰肖,一个总是很活跃的女人,很多佃户的妻子分娩都请她帮忙;有人死去时,她会拿上我们家里的任何东西去帮忙,从不缺席。我自己也会到虚弱的人的床榻边探望,极尽所能地赢得人民的喜爱。感谢主的恩赐,随着时间的推移,我开始看到成果了。

这年发生了一件值得记录的事情,这件事显示了走私开始对乡村道德观念带来的影响。有一位高地血统的麦克斯科普尼士先生,曾在军队里做过少校的贴身男仆,又和少校一起被法国人抓进监狱,因为交换战俘协议,他回到家乡,在俄维尔开办了一所舞蹈学校,他在法国宫廷里学过流行于巴黎的最优雅的舞蹈。在当地人的记忆中,像舞蹈学校这样的机构在乡卜从没有人听说过。麦克斯科普尼士先生的脚步和沙龙舞步伴随着一种声音,每一个男孩女孩,但凡能省出点时间和钱,都会抛下自己的工作,跑到他那去。那些借债的小子们,不再玩他们的老游戏,而是去跟着麦克斯科普尼士先生的脚步挽起胳膊跳啊跳;麦克斯科普尼士先生绝对是个很有意思的人,他的腿又细又长,胸脯像鸭子一样挺着,脸上涂着粉,头发鬈曲,活像一只点头的母鸡。他的确是我们看到的最骄傲的孔雀,他手上戴着戒指,每次他来布莱德兰喝茶,头上都不会戴帽子,而是在腋下夹着一个滑稽的歪玩意儿,他说那东西是朝臣们出席彭帕杜尔太太家的小型晚宴时都要戴的流行物件,彭帕杜尔太太当时是法国国王的情妇。

　　发生在那年的其他重要的事,我便回忆不起来了。那年大丰收,食物非常便宜,导致我的薪水下降,所以我不得不推迟了购买红木写字台的计划。但我并不是在抱怨,正相反,我很高兴,因为我要为写字台再等一年,而欢乐飞进农户的壁炉,寡妇的心里也欢快地唱起歌来;如果我没有融入这普天同庆,我一定是不合人情的家伙。

第三章 一七六二年

天花带来一场浩劫——查尔斯·马尔科姆被送到一艘开往弗吉尼亚的船上做船舱服务员——米兹·斯贝维尔在万圣节去世——茶叶进入牧师的住所，但牧师继续用他的权威抵抗走私

我在任的第三年发生了几件非常值得纪念的事情，因此这一年一直没有被人们忘记。在楼恩海德，威廉·拜尔斯家里的一头母牛一窝生下了两头小牛；在同一年，拜尔斯先生生了一对龙凤胎；他家地里的庄稼长得格外好，这就证明了上帝给世间添了一张嘴，也会多给一块肉。在圣礼安息日那天，主餐讲道时我做了非常适宜的演说，接近尾声时发生了一件恐怖的事，人们认为那是个不祥的征兆。那天暴雨倾盆，风呼啸着，我以为教会院子里的树都要被连根拔起，我家马厩顶的架子被大风吹得咯咯作响；这场狂风还把教会屋顶上的绳索猛甩下来，就像我说的，在主餐讲道结束时，摇晃的绳索发出人们从没听到过

的可怕声响，所有的教众都认为这预示着我将会发生些变故。然而，并没有什么特别的事发生在我身上；天花在教区的幼儿中蔓延开来，给这些可怜的小孩带来了惨痛的伤害。

瘟疫肆虐的一个安息日里，雷切尔在为她的孩子们哭泣，我在布道，托马斯·托尔说我的话语是一座神圣的纪念碑，触动了很多父母的心灵。他肯定是判断布道好坏的行家。听到他这样说，我很高兴，正如我曾详细讲过的，托马斯曾经是最坚定地反对我进入教区的人；但是这一次，我在心里暗自决定，如果长老的位置有了空缺，就把他吸纳进来。值得尊敬的人！然而他无法获得这份殊荣。那年的秋天，他的腿受了伤，不能出门，余下的日子里只能躺在壁炉边的床上，像极了《圣经》中得了麻风病的乞丐拉扎勒斯。只是他在苦难中被照顾得很周到。主给予，也会拿走其所给予。当下一个季节到来，主决定结束他的生命，就像果实成熟等待采摘，他是如此之痛苦，对于所有认识他的人，他的死都是一场温柔的豁免。

在这一年马尔科姆太太的长子查理·马尔科姆被送去当船舱服务员，那是一艘运烟草的商船，有三个桅杆，在格拉斯哥港和美国的弗吉尼亚之间航行。他的船长迪基是俄维尔人；那时克莱德河上的水手们是我们这边海岸最出色的，和爱尔兰的煤炭贸易相比，公海上的长途旅行更能培养出优秀的船员；因为这个原因，在那个季节，我常听说附近村庄的很多人去克莱德河上从事船运。由于各种各样的原因，查理·马尔科姆要去海上这件事，对我们所有人来说都非比寻常，据本地人回忆，他是我们教区第一个去海上做水手的人，每个人都很关注这件事，有人觉得他的母亲允许他出海，要冒很大的风险，他的父亲就是在海上失踪的。然而这位绝望的寡妇又能怎样呢？她有五个年幼的孩子，没有什么财富给他们；正如她自己所说，他正安详地在造物主手中，去他该去的地方，不论世间有多少诡计和阻挠，上帝的旨意终将变为现实。

周一早上，查理出发去路上和俄维尔来的人汇合，大家都来了，我亲自从府邸走到村庄来和他道别，正巧遇到他满面春风地从他母亲的屋子里出来，他穿着水手服，拿着手杖，肩上用丝质的巴塞罗那手绢绑着一个包袱，他的两个弟弟跟着他，妹妹凯特和埃菲从门里向外张望着和他道别；但他的母亲此时正在房子里向上帝祷告，保佑这个失去父亲的孩子，这是她事后告诉我的。村子里所有的儿童都聚集在教堂院子里，等着看他，他经过时孩子们冲他大喊三声；每个人都在家门前，说着鼓励他的话；但伴随着一声大笑，米兹·斯贝维尔一跛一跛地走过来，挥舞着一只破拖鞋祝他好运。米兹相信命运的安排，她是一位充满智慧的圣人，不但会解梦，还能阐释各种征兆；此外她还是她那个年代最好的接生婆；但此时她已经变得虚弱无力，在那年的万圣节离开了人世，每个人都觉得她死在万圣节，真是再自然不过了。

查理·马尔科姆离开后不久，布莱德兰夫人带着她的三个女儿搬到了爱丁堡，她的小儿子，我以前的学生，在那里学习怎样成为一名律师。布莱德兰家的房子交给了在印度发家的梅杰·吉尔克莱斯特；他体弱多病，他还未出嫁的妹妹吉尔兹小姐是缩减开支的能手；这样在他们手中，我的资助人布莱德兰家所有的英明决策，但凡需要这位老地主花钱的，都逐渐缩减，失去了章法；那棵修剪成孔雀形状的美丽的紫杉树很快就没了样子，忧郁地站在那里，纪念梅杰和"脱脂牛奶小姐"的行为；"脱脂牛奶小姐"是大家送给吉尔兹·吉尔克莱斯特小姐的外号。

梅杰·吉尔克莱斯特的到来使大家深感遗憾，对布莱德兰庄园疏于照看绝不是其中唯一的原因。在确保庄园运转方面，那些老年男人出力不多，他们失去了饭碗，无计可施；在厨房做事的可怜女人们收入微薄，她们很快意识到变化，于是，教会逐渐开始责无旁贷地给这些人提供帮助。年底之前，我不得不在一次救济活动中布道，这次活动主要是为了我们穷苦人的利益，这是在教区里从没听说过的。

然而吉尔克莱斯特家对马尔科姆太太做了一件大好

事。吉尔兹小姐，就是大家称为"脱脂牛奶小姐"的那位，她哥哥在印度挣钱的时候，她在格拉斯哥的高博斯，是个贫困潦倒的纺织女，据说她聪明灵巧，技术首屈一指；她手头有些活计，叫凯特·马尔科姆来帮她做些粗活；凯特聪慧过人，给女士以及爱抱怨的梅杰先生帮了大忙，于是他们邀请她冬天来布莱德兰庄园同住；在庄园时，她每天从早到晚忙着她的针线活，她为家里省下的粮食给她母亲减轻了些许负担；自从来到这个教区，她母亲第一次注意到人们晚上花的钱比装满饭盆需要的钱还要多；喝茶变得更加公开，于是在第一任巴尔惠德尔夫人的建议下，马尔科姆太太弄了些茶叶来卖，这样就能为她家庭的运转增加一笔小小的收入。因此她越来越悲惨的生活开始有了转机；尽管我从不能忍受走私，不论是走私的行为本身，还是走私给村庄带来的罪恶影响，但在这里我真诚地说，当马尔科姆太太开始买卖茶叶，我对茶叶的仇恨变得不那么强烈了，那时候在我的府邸，我们除了下午喝茶，早餐也开始喝茶了。但我主要是考虑到茶叶不会给饮茶人的头脑带来什么伤害，而从前流行的奶酒可不总是这样的。记得我年轻的时候，夏天的傍晚经常会有酒会，体面的女士们满脸通红、酩酊大醉地回家，而现在已经看不到这样的酒会了。为了帮人们戒酒，也考虑到马尔科姆太太的生意，我从这年十一月起尽量避免在布道时反对喝茶；但我对走私贸易的痛恨从没有减轻，直到政府强力、彻底地制止了这种行为。

这一年就没有其他值得一记的事件了，除了一件事，就是我在院子里种了一棵大梨树，我们给树上两条粗粗的树枝起名叫作亚当和夏娃。我是从格拉夫特先生那里得到的这株植物，后来它长成了树苗，格拉夫特先生是艾戈山姆勋爵的首席园艺师，他说那株树苗会结最甜最多汁的梨子，而现在全教区的人都对此深信不疑，这个品种的父本植株是勋爵从伦敦国王的花园带到苏格兰来的，他到伦敦去是要证明自己对汉诺威王朝的忠诚之心。

第四章 一七六三年

查尔斯·马尔科姆从海上归来——凯特·马尔科姆被带走与玛卡达姆女士同住——第一任巴尔惠德尔太太去世

不论从公众或从个人的角度，一七六三年从很多方面来说都是值得纪念的一年。国王同意与法国和平共处，跟着烟皁商船出海的查理·马尔科姆回家来看望母亲。这艘船抵达美国后，装载着木材南下到达牙买加，西印度群岛中的一座岛屿，之后又载着超过一百五十桶糖和满满六十三桶朗姆酒回到家乡，这些都是查理亲口告诉我们的。不管怎么看，这艘船都是艘庄严宏伟的大船，载货量高达一百吨，在当时很有声望的格拉斯哥港都是最大的一艘。没人想到查理会回来；他的到来对我们来说是个大事件，所以我要描述一下全部的细节。

一天傍晚，天就要黑了，我正在边散步边思考，这时我看到一个年轻水手向我轻快地走来，他用棍子在肩膀上扛着一个包袱，包袱上系着一条丝质的巴塞罗那手绢，包袱上站着一只美丽的绿鹦鹉。包袱里是一个在我们这里没见过的漂亮大坚果，叫作可卡果。这个兴奋的小伙子就是查理·马尔科姆，烟草商船此时正在格林诺克卸货，他从那里沿着荆棘小径一路走回家。我护送他回家，告诉他他的母亲和弟弟妹妹们都很健康；在路上他也给我讲了很多有趣的事，他送给我六个漂亮的黄色酸橙，足足可以装满一大碗，他把它们装在袋子里和他一起漂洋过海。它们比金灿灿的基尼金币更让我感动，这个青年太有心了。

我们来到他母亲的房子门前，她在火炉边坐着，三个孩子吃着面包喝着牛奶，凯特正在布莱德兰庄园为"脱脂牛奶女士"做缝纫工。夜幕即将降临，梭子静静地站着，直到灯光亮起。查理走进屋，火炉旁发出一阵欢乐和感激的呼喊声！你可能想到了，那只鹦鹉也参与其中，它咯咯呱呱的叫声使我的整个头颅都战栗起来；邻居们飞速地拥来看发生了什么，人们第一次在这个教区看到鹦鹉，有人认为它不过是长着黄脑袋和绿羽毛的外国鹰。

与此同时，埃菲·马尔科姆已经跑去布莱德兰庄园找她姐姐凯特，两个女孩飞一般上气不接下气地回来了，"脱脂牛奶小姐"吉尔兹·吉尔克莱斯特在大街上拼命追着她们，活像一只格里芬犬；凯特匆忙之中扔出手里缝着的东西,她正做的是一件崭新的印花长外衣,外衣掉进一罐正准备结成奶油的牛奶里,为吉尔兹小姐带来了双重灾难,不但外套毁了,奶油也被粘了起来。因此,可怜的凯特再也不能出现在布莱德兰庄园了。

查理·马尔科姆陪母亲待了一周,就回到贸易商船那里去了,不久以后,他的弟弟罗伯特和他一样,也被送去出海了,他的雇主在俄维尔经营煤炭贸易,没有雇佣其他人。在那个时代,凯特真是个很令人惊喜的女孩,年迈的玛卡达姆太太把她从母亲身边带走,去和她一同住在她去世的丈夫留给她的房子里,那房子就是今天的克勒斯·克斯旅馆。这位女士血统尊贵,她的丈夫曾是位了不起的将军,国王为奖励他的功勋授予了他爵位,但她腿脚不便,在没有人帮忙的情况下是不能在餐厅走来走去的,因此从第一任巴尔惠德尔夫人那儿得知了凯特对吉尔兹·吉尔克莱斯特做了那样不可弥补的事以后,她叫人去找来凯特,发现她聪明伶俐,于是让她同住和自己做伴。这是天大的好事,因为这位夫人精通各种上流社会的礼仪;她读写法语非常轻松,当时格拉斯哥大学的教授都没一个比得了;她还在国外的修道院,又或者是在英格兰的寄宿学校里学会了在绸缎上绣花,她很高兴把自己知道的都教给凯特,让凯特学会一名淑女应有的行为举止。

这年夏天,一直在被瘫痪折磨的年迈的帕特里克·迪尔沃斯先生死了,我们都觉得如释重负,因为继承人们就不能再拒绝找个合适的校长;于是我们试用了劳尔莫尔先生,一个非常有信誉的,对教区很有贡献的人,从那一年开始,他是我们的校长、长老会教士和领唱人,他非常温和,个性十足。那时候他很年轻,正因为他的年龄,有些人反对他就长老会教士的职位,尤其是在这样的时期,走私横行,导致了很多不合规则的婚姻关系,给我们带来诸多麻烦;然而他的判断力远远超过了大家对他这个年龄的期待;经过在校长职位上十二个月的检验,他的前任帕特里克·迪尔沃斯先生的每一个职务都落到了他头上。

但在这一年发生在我的人民身上的,最值得牢记的一件事,是卢顿湖上棉绒作坊发生的火灾,就在那天吉尔兹·吉尔克莱斯特小姐,也就是著名的"脱脂牛奶女士",从艾维尔新酒馆的沃茨太太那里租了一辆轻便马车,和她的哥哥梅杰一起去爱丁堡找专业人士咨询他的疾病。马车经过作坊时,作坊主威廉·赫尔克像精神错乱了一样从作坊里飞跑出来,大叫着"着火了!"——马车车夫把这个悲伤的消息带到村子里——大家都悲伤起来;磨坊全部毁掉了,随之而去的还有整个教区全年棉绒产量的一大部分。第一任巴尔惠德尔夫人损失了十二英石还多,这些棉绒是我们辛辛苦苦地在教会耕地上收获的,干旱时要浇水,因为这些棉绒要变成我们身上的衣服,变成床单,变成桌布。的确是一笔巨大的损失,这件惨事给第一任巴尔惠德尔夫人的健康带来了显而易见的影响,从春天到现在她已经越来越憔悴了。我以为她还可以挣扎着熬过冬天;然而事与愿违,圣诞节那天她离开我,投入了亚伯拉罕的怀抱。她在除夕夜被安葬,因为人们认为新年那天家里有具死尸是很可怕的事。她是个值得尊敬的女人,尽一切可能帮我赢得民众的心——她做得太出色了;所以当她死的时候,教区里没有一个人对我的行动或言语不满。没有什么比我们在一起的生活更和谐的了。她的弟弟安德鲁是个不错的小伙子,我掏钱让他去格拉斯哥大学读书,他回来参加葬礼,陪我待了一个月,我的府邸在她死后变得异常阴暗;也就是在这次拜访期间,他暗示我想去印度试一试,但这件事情应该算另一年的范畴了,同样不属于这一年的,还有有关她的墓碑以及我自己选韵律碑文的事;石匠约翰·特埃尔在墓碑上刻上这些碑文,在教会院子里还可以看到它,只是需要修理一下,扶起来,当第二任巴尔惠德尔夫人被葬在旁边时,这个墓碑被放错了位置。我也不能讲后面发生的事了。

第五章　一七六四年

他为巴尔惠德尔太太竖起大理石墓碑，并写了碑文——悲痛之情折磨着他，他想写本书——猎场看守人尼科尔·斯耐皮收到教会谴责时的反应

这一年在我们教区堪称里程碑式的一年；布莱德兰庄园的领主，我以前的学生，正在爱丁堡的学校里学习怎样做一名律师，为了更好的教育资源，他的母亲带着女儿们，那些年轻的女士们，都搬到那边。年轻的领主运回来一块精美的大理石墓碑，立在教会里家庭墓地的拱顶底下，墓碑上用漂亮的拉丁文刻着作者笔下的老领主，我的资助人所拥有的美德。之所以提到作者，因为这不可能是年轻领主写的，尽管他拥有很多墓碑中提到的美德，他的拉丁文或其他语言的运用都没有这么花哨。但是他可能在爱丁堡有所提高，因为获得高雅的举止在那里是件容易的事，但毫无疑问，是年轻领主找大学实习生来写的；但从那时开始我常常会想，他为什么要用拉丁文，他死去的父亲即使能看到这个墓碑，也一个字读不出来，忍受不了那些对他的美德、礼貌、热情的吹嘘。

领主墓碑的到来极大地影响了我，我为失去第一位巴尔惠德尔太太而陷入深深的沮丧。我想，要排遣自己的巨大悲伤，最好的办法莫过于为她修一块精美的墓碑；墓碑修好了，也已经立起来，这些我在去年的记录中提到过。然而墓碑没有碑文，就像躯体没有呼吸；所以我理应为墓碑修修门面，于是我斟酌了很多天。我考虑到巴尔惠德尔太太确实是个值得尊敬的女人，但她不懂拉丁语，像领主那样用拉丁文写出我要说的话是行不通的——况且那也不是一件容易的事，从我的经验来看，拉丁语本来就是一种晦涩的语言，很难写得得当。因此我首先提到了她的年龄、出生日期和死亡日期，然后创作了下面这首深沉的诗作为碑文，也许你只能在墓碑中读到它。

碑　文

挚爱的基督徒、朋友和伴侣，

一生和善，直到生命离她而去，

这打击令人如此苍白，

她于此长眠，化骨成泥。

咳嗽击垮了她的躯体，

痛苦令她不堪忍受，

当她尚存一息之时，

她说："主会善待死去的人。"

身边的虔诚教徒也受到启迪，

看着如此善良的人死去。

草有荣枯，

时光不舍昼夜；

死神手持镰刀击打喝令我们，

追赶我们，使我们屈服，

尽管我们必须委身于他，

却已披上神圣的罩衣，

我们的信仰化为珍宝，

埋于土中亦永不腐烂，

一颗价值连城的珍珠，一块珍奇的宝石，

注定为基督的王冠添彩；

既然如此，请保持你的神圣之心，

思考人类的命运。

及时悔过，远离罪孽，

当人生的争斗终结之时，

你的灵魂会乘着爱的翅膀起飞，

与空中的天使相伴，

在那里，神圣的歌声从不间断，

勇士也不会再次死去；

而是与神灵一起沉醉于快乐中，

品尝天赐的幸福。

这篇碑文当时受到了很高的评价，劳尔莫尔先生在年轻时对诗歌颇有感悟，他认为这首诗歌表达充分，并且恰到好处，于是他让他的学生当作考试内容抄写下来，学校的考试时间就要到了，他在这些财产继承者面前读起我的诗，我的眼眶湿润了，大家都对我因失去第一任巴尔惠德尔太太而遭受的折磨表示同情。

我在前面提到过，安德鲁·兰肖从格拉斯哥大学赶来参加他的姐姐，我的妻子的葬礼，之后陪伴我度过了一个月的时光；那些日子天气潮湿，雨雪交加，夜晚常有暴风雨袭来，我很少出门，也没有老人来拜访我，他们只是一些虚弱的老年人，没办法对抗冬天的狂暴，而他的陪伴对我来说就成了莫大的安慰。安德鲁离我回去上课以后，我很孤单无助，在那些沉闷的夜晚，修墓碑成为我神圣的消遣活动，我和约翰·特埃尔探讨墓碑的形状，思考碑文的遣词造句，如果不是修墓碑，我可能早就精神错乱了。然而，主会对这些感到满意，他是我们这些罪人的保证人，帮我度过沮丧的绝境，使我的双脚踏上美丽的土地，找到自己的路。

然而墓碑和碑文的工作不能永远持续下去，这些工作做完后，我面临着再一次陷入忧郁的危险。但渐渐地我战胜了痛苦，当春天开始展开绿色的篇章，盆里的花沐浴着阳光，当鸟儿开始歌唱，我变得更加沉着，更能接受自己，于是我常常在田野里散步，与自然对话，惊叹它的神秘。

有一次，我正沿着艾格山姆树林散步，看勤劳的蜜蜂从一朵花飞到另一朵花，而蝴蝶无所事事，不去储存食物，在冬天到来前就会死去，我感到有一种灵感突然降落在我身上，心中一阵悸动，脑海一阵战栗，我狂喜得不能自已，我想到要写一本书——但这本书应当是关于什么的呢？我找不到满意的答案：有时我想写传统诗歌，像约翰·弥尔顿的《失乐园》那样的，书中我希望能详尽地探讨一下"原罪"以及伟大的"救赎"的神秘之处；还有些时候我想论述一下《自由的恩典》所带来的影响也许会更受欢迎；尽管两个主题我都开了头，脑子里有些新的想法，但整个夏天过去了，我什么也没写成。因此我把写书的计划推迟到冬天，到时候就有长长的夜晚可以利用了。然而在那之前，我还有更重要的事情要去考虑：我的女佣们没有了女主人的监管，飞快地浪费着每样东西，把房间搞得一团糟，距离年底还有很长时间，所有的薪水就都花光了，我不知道怎么办才好。过了很长时间，我鼓起勇气派人请来了奥尔德先生，一位仍然健在的老者。他是个非常严肃和谨慎的人,非常公正,爱做善事,对常理的理解掌握比很多财产继承人都强。于是我把我的情况告诉他,向他求教,他说建议我再为自己找一位妻子,只要合乎礼节就立即去办,他认为最好的时间是在来年之初,到那个时候第一任巴尔惠德尔太太就已经去世十二个月了;当我提到自己写书的计划时,他说,(他有着很强的判断力)写书的事情可以放一放,挥霍的仆人在不断创造新的罪恶;因此,在他的劝告下,我决心在再婚之前不去想写书的事,从现在到跨年的这段时间,我打算寻找一位节俭的女士,我也会严格遵守自己的诺言,一旦决定就不会再改一个字,从第一任巴尔惠德尔夫人葬礼结束那天算起,过十二个月零一天才行,我确实也是这样做的。

这显然是天意在帮我,我很幸运派人去请了奥尔德先生,在我请奥尔德先生的第二周,教区里就开始散布一个消息,我的一个仆人怀了孩子,这事发生在她的主人——一位传播福音的牧师的房间里真是太糟糕了。有一些人把所有的情况联系在一起,在背后诽谤我,怀疑我和这事有关;奥尔德先生听说了这件事,主动为我辩护,他的勇敢和神圣的态度使大家从这不协调的声音中安静下来,他说我有一颗诚实的心和纯洁的精神,绝对不会做这样的事情。接下来我们把人们集中到教会门前,没过多久就让她说出了真相,孩子的父亲是尼科尔·斯耐皮,格林凯恩爵士的猎场看守人；她和尼科尔两个人都站在教堂里，但尼科尔是个不知羞耻的无赖，他穿了两件大衣，一件扣子系在后背，另一件系在前面，还戴了爵士的贴身男仆借给他的两顶假发，一顶戴在脸上，另一顶正常地戴在头上；他面对教堂的墙站着。我在讲道台上看着他说："尼科尔，转过身来脸朝我！"这时候，他确实转身了，但看起来和后背一模一样。我被弄糊涂了，不知道说什么才好，只能愤怒地大喊："尼科尔，尼科尔！你要是只有后背，今天就不会站在这！"我这句话对教众影响很大，从此这个可怜的家伙承受了很多嘲笑，如果我只是按照教会规定的方式指责他，嘲笑声还不会那么多。

这件事以及之前奥尔德先生的劝告警示了我，任何一个教区的主教都应该有一个帮手才行。因此，这一年一过，我下定决心要找一个，但其中的细节应该属于下一年的纪事内容，我得先保留不讲；我也回忆不起来其他特别的事情了，除了威廉·马奇金，马奇金先生的父亲，格拉斯哥的大酒商在村里开了一家小客栈，这在我们教区是第一家，如果我出手干涉，也会是最后一家；因为它为所有的罪行开辟了一个住所，马上会与走私扯上关系并衍生很多其他的事情，这和我的主张背道而驰。但威廉·马奇金是个令人尊敬的人，没有谁的客栈比他经营得更好。他们全家会在固定的时间祈祷，他的孩子们都在对上帝和宗教的敬畏中长大；尽管他的房子住满了人，他也会到客人屋中询问后面半小时是否有什么需要，因为他将和家人开始祈祷了；很多旅行的客人都加入了他们的祈祷。现在恐怕没有酒店老板会用这种方法来招待旅客了。

第六章　一七六五年

威士忌酿酒厂的建立——他与莉兹·吉伯克小姐再婚——她在制造奶制品方面非常勤劳——她传播了勤奋的精神,成为全教区的榜样

前一年的纪事几乎没有关于教区的内容,而只是关于我自己的,今年的纪事会继续相似的情况;除了大麦价格上涨的事情,人们都认为,这是附近教区建造威士忌酿造厂导致的;星辰变换主宰四季的更迭,然而我的人民并不是受到这种转变的影响,不能这样说。冬天燃料出现前所未有的短缺;春天冰雪消融的时候,在道瑞沼泽发现了三处煤矿,从那开始这种必备的资源充足了。事情的发展真是不可思议;人们在谈论这些煤矿的发现时,一份文件在附近的几个教区传递,确保百姓可以分享这些资源,但这完全是徒劳;煤一出土,立即就被运走了,这是上帝赐予我们教区的礼物,借用一句古老的谚语,此次贸易和商业的开端给我们带来了金子。从那时期我的薪金一直在

稳定增长，正因为如此我认为继承者们的收入一定也有相应的增长。

之后，我再婚的日子很快临近了。经过慎重思考，我把我的感情交付给莉兹·吉伯克小姐，她很有教养，她的父亲是戈尔比霍姆的约瑟夫·吉伯克先生——第一个对埃尔郡的耕种方式进行思索的人，此外，他做的"德拉普奶酪"，质量上乘，在文明的地区很受欢迎。莉兹小姐和我，尽管我们双方都有一些不便之处，但考虑到在五月结婚的话，谚语说"五月结婚忙，孩子活不长"，我们在四月二十九日结了婚。

然而，尽管我们结婚了，我们还是租了一辆俄维尔的马车，她的姐姐珍妮小姐，以及坐在我们脚边旅行箱上的外甥女贝基·卡恩斯和我们一起，去格拉斯哥进行了一次愉快的短途旅行，在格拉斯哥我们为我们的住所买了很多令人惊叹的有用的东西，这些东西是第一任巴尔惠德尔太太或者我想都想不到的；但第二任巴尔惠德尔太太很擅长管理，她所经历的事情都非常了不起。请允许我表达对她的赞赏之情，因为她就是为我酿制甘露的蜜蜂，尽管这一点在最初并不是非常明显。

她发现我们的住所里有很多有用的设备，我当时认为她的照料和勤勉毁掉了我。她买了那么多羊毛米织毯子，织布轮轰隆轰隆吱吱嘎嘎非常起劲地转起来，织着床单和桌布，那段时间我的住所成了装着管风琴的盒子。接着我们有了奶牛，又要养育小牛犊，接着我们收获了黄油和奶酪；总之，我总是自己一个人在这刺耳的喧嚣声里，没办法像我计划的那样写作，有一次我想到了安静和温柔的第一任巴尔惠德尔太太，叹了口气；但成果很快显现出来。第二任巴尔惠德尔太太在集市的日子把她的黄油送到艾维尔，还时不时把奶酪送到格拉斯哥，交给在盐市的弗劳特夫人，黄油和奶酪都做得很成功，我们的奶制品简直在铸造钱币，这样过了一年，我全部的薪金一分不动地存进了银行。

但我必须要说，尽管我们赚银子像捡石头一样，我心里其实是不满意的，我只是把住所变成了生产黄油和奶酪的工厂，而把小牛犊养大是为了杀掉它们；于是我和第二任巴尔惠德尔夫人谈了我的想法，向她指出在我看来这种做法的错误之处；但是她父亲家里饲养的牛和猪都收益可观，那种管理的方法已经在她脑海中根深蒂固，她没办法停止这样做，这使我极为悲伤。然而逐渐地，我领悟到她的做法树立了一个好的榜样，和为穷苦的百姓施舍救济一样。因为教区里所有的妻子都被她的行为唤醒，变得非常节俭，听说每座房子的主妇都在缝纫或编织，这样，后来的很多年里，在整个苏格兰的疆土内，没有一个教区储存的毯子和桌布比我们教区的多。

快到米迦勒节时马尔科姆夫人开了一家商店，她说她主要是听从了巴尔惠德尔夫人的建议；巴尔惠德尔夫人说，与其特地为周围城镇的人们跑腿，远不如给不同的杂货店留一些利润，因为在这种情况下每一个被派出去的女仆都会在路上玩上一整天，甚至更长时间。总之，第二任巴尔惠德尔夫人——我的妻子，有着无以言表的精明，她深知飞逝的时光对于这个世界的价值，她为这个教区主妇的生活带来了生机和力量，她使很多人不必再吹冷煤，而是舒舒服服地烤着牛腿。她的父亲吉伯克先生的确是个不一般的人，他对事物有很敏锐的洞察力；别人只能看到风险和损失，他却能够获得利润和好处。他在他农场那寒冷荒芜的山顶上种了大量的冷杉树，每个人，包括我在内，都觉得他这是像用鞭子抽水一样徒劳的事情。随着农作物的生长，这些树也长大了，它们成了一道道防护，插在一片片田地之间，呈现出西部村庄的田地从没有过的整洁和漂亮模样；人们都学他的样子，我曾经听那些去过国外的旅行者说，埃尔郡山顶上那些圆形分布的漂亮的绿色植被，比那些原本就有很多山的意大利或瑞士都不逊色。

总的来说，埃尔郡这一年非常忙碌，许多重大改变的种子在这一年被埋下。穿过文奈尔的国土路修好了；几年以后我会逐步记录下这条人们口中的"信任之路"修建的过程,它给这个城镇带来了翻天覆地的变化。

在结束之前应该提一下教会的钟,从人们能够记得开始,一直到这个时候,它始终在一棵白蜡树上挂着;一个风雨交加的夜晚,树枝折断,钟掉了下来,于是继承人们同意建造一座尖塔。这口钟记录了布莱德兰女士几年后离世的时候给教区带来的羞愧感。

第七章 一七六六年

布莱德兰庄园被烧毁——一口新的钟，和一座钟塔——南希·巴雷尔溺水身亡，尸体在井里被发现——粗鲁的爱尔兰人给教区带来很多麻烦

这年二月一个安息日的傍晚,发生了一场大灾难。巴尔惠德尔夫人的堂妹佩迪克鲁太太,和佩迪克鲁先生来我们府上拜访,巴尔惠德尔夫人刚刚泡好茶,我们围坐在火炉边,准备度过一个平静而神圣的夜晚——大家坐着,我正在评价手中的茶,一个女仆带着一种惊恐的笑声跑进来说:"布莱德兰着火了,你们还坐着呢?""布莱德兰着火了!"我大叫——"是啊!"她喊道,"窗户、门框都在冒火苗,还有烟筒,像砖窑一样!"我们都走到门口,的确,我们看到布莱德兰正在燃烧,火焰噼啪作响冲到树顶,火花四溅,像天空中划过的彗星尾巴。

看到这个景象,我对佩迪克鲁先生说,作为一名勇敢的主教,我得去看看能做些什么,非常显而易见,古老的

布莱德兰庄园将会毁于一旦;这时他自愿和我一起去,我们很快走到现场,人们从四面八方拥过来,景象十分壮观。当我们走到庄园近前,燃烧的房子和涌动的人群,和我们所看到的画面相比,真是不算什么了。房椽爆裂,火焰肆虐,仆人四散奔逃,一些拿着床上用品,一些拿着窥镜,还有的拿着家里的器皿,这些东西好像并不会使火变得更大,只是证明了大家的混乱和紧张。这时有人喊道:"吉尔兹小姐在哪儿?少校在哪儿?"少校这个可怜的人,很快被扔出来,在花园里,躺在一张羽毛床上,虚弱地抱怨着;但是"脱脂牛奶女士"却不见踪影。最后,二楼出现了一个被火焰追逐的身影,正是吉尔兹小姐。啊!真是一个恐怖的景象!她在床边,境遇如此危险,一手拿着金表,另一只手拿着银茶壶,绝望地寻找着梯子或是什么救助。但是,还没来得及找到梯子或什么别的,地板塌陷,房顶掉下来,可怜的吉尔兹小姐和她所崇敬的物品一起在大火中陨落了。这真是一件可怕的事情;我看到她站在窗边,火从她身后蔓延而来,像狂躁的魔鬼一样抓住她,在我们眼前将她毁灭。第二天早晨,人们在一片废墟中找到了吉尔兹小姐烧焦的尸体,本来应该是手的位置上有一片金属,毫无疑问是金表或银茶壶。这就是布莱德兰庄园和吉尔兹小姐的结局,在爱丁堡居住的我的学生,年轻的领主,再也没有重建庄园。大火把庄园夷为平地,什么都没剩下，只有在一楼的仆人慌忙之中收拾起来带走的一些东西，但是人们都认为少校已经没有希望康复起来，没有人知道他是怎么从房子里出来，被放在花园里的羽毛床上的。然而，他并没有比那晚有所好转，在圣灵节到来之前，他也死了，被葬在教会南边的堤坝上，和他妹妹的尸骨葬在一起；他堂姐的儿子，也就是他的继承人，竖立起一块精美的墓碑，墓碑上有三个骨灰坛和哭泣的天使们，见证着少校面对印度人的勇猛，以及其他值得称道的美德，正如碑文所说，不管是由于公共事务还是因私人交往而认识他的所有的人，都尊敬他、爱戴他。

考虑到拿着金表和银茶壶的吉尔兹小姐的遭遇，布莱德兰庄园的烧毁确实应该被称作一场灾难，然而天意从来都会使好事与罪恶并行，这场灾难结果给教区带来了好处；继承人没有考虑重建庄园，而是建议将宅园出租，建成农场，租赁合同被库尔特先生拿到，在种植方面，我们当中从没有出现过一个能与他相提并论的人，戈尔比霍姆的吉伯克先生——我的岳父也不例外。他把畜舍改造成舒适的房子，砍掉了很多常青树和其他不能盈利的植物，只留下两棵古老的紫杉，在附近安睡的少校和他的妹妹一直任这两棵紫杉树在庄园旁边自生自灭；他把所有的东西都变成了经济价值，他为这片土地带来了如此之大的改变，真是令人惊叹。他从比爱丁堡还远的地方来,从洛锡安的农民那里得到了很多灵感,因此他知道哪种植物应该挨着哪一种，他的农具开垦出的土地非常整齐,无人能及。——在他接管布莱德兰后的第一个春天,一个美好的阳光明媚的早晨,我看到原本是牧草的地方长出了嫩芽,那么的整齐漂亮,就像在织布机上用梭子织成的,我至今还清楚地记得我那时的钦佩之情。的确,当我回头去看他所树立的榜样,当我思考他的管理方法的巧妙之处,我不得不说,他来到我们教区是上帝对我们的眷顾,有一段时间人们在谈论年轻的领主会不会把布莱德兰的房子重建成流行的风格,但和重建相比,他的到来定将为我的人民带来更多的好处。

这一年被人们牢记,除了大灾难以外还有一个原因:正如我在前一年的纪事中提到的,去年十二月刮起大风,折断了挂着教会的钟的树枝,从威廉王之前的大迫害时期以来,那口钟一直挂在那。我的岳父吉伯克先生的眼光非常敏锐,当他听说了钟不幸掉下来的事,建议我让领主们建一座钟塔,但想到钟塔的花费,我不敢这样去做。然而他对人的想法了如指掌，他让我在这个问题上不要犹豫,他告诉我,如果我就这样让时间过去,等领主们习惯了没有钟的教会,我就再也不会有钟塔了。我经常会纳闷什么原因让吉伯克先生对钟塔这么有感情，我是从来想不出一个修钟塔的原因,除了它是教会的一个配件,就和长袍和圣带一样。然而他劝我去建议修钟塔，和继承人们进行了一番游说之后，大家答应了。这主要归功于玛妮普莱克女士，那年冬天她得了风湿病，因为没有钟报时，在一个阴冷的星期日早晨，她走了半个小时之久才来到教会，鼓起勇气为继承人们讲述了一座钟塔能带来的好处。

钟塔修好以后，新的争论又开始了。有人认为这口一直在白蜡树上挂着的钟，放在用石头和石灰修成的建筑物里是不行的，于是，继承人们经过一番骚乱，决定把旧钟卖给格拉斯哥的铸造厂，买一口适合这座非常秀气的钟塔的新钟。买新钟的事又带来了人们其他的思考，年迈的布莱德兰女士当时身体状况每况愈下，正如我前面所提到的，她给教区带来了耻辱感，她的遗嘱提到要买一口新钟，这样，当钟塔建起来，新钟挂上去的时候，布莱德兰女士的遗嘱也遵照立遗嘱人的意愿得到了执行。

说到这年发生的意外事故，还有一桩是不能忘记的，是应该被记录下来的，年迈的南希·巴雷尔擅长炼草药，在治疗创伤方面技术高超，在采石匠和矿工当中有很好的名声——她一定是去沙土山的井里打水，劳尔莫尔先生学校的孩子们发现她脚朝上漂在井里；关于南希是失足掉进去的，还是受到诱惑跳进去成了这样的脚朝罪恶世界的姿势，人们争论不休；南希很神秘，是个有很多不满的花眼女人，我做了很多努力才使人们不再叫她女巫。

同样，我还要记录一下在这个地区出现的第一头毛驴，它和一群补锅匠一起来到我们这里，他们做牛角勺子，还修补风箱。我们从没人能确切地知道他们从哪里来,但是他们皮肤很黑，有人觉得他们是埃及人。他们逗留了一周左右，住在帐篷里，一些小帐篷就支在垃圾堆中;他们当中的一位老者给我展示了两个不能用的刀片，而他修好后比新的时候还要好。

　　不久以后，但我不确定是这一年年末还是来年的年初，我感觉应该是在这一年，从爱尔兰来了一群野蛮人,他们说来找工作，但是他们随便驻扎下来，他们掏了村里的鸡窝，还割断了我们的一头母猪的喉咙。毫无疑问他们想把墓主的尸体偷走，但是不知道发生了什么事情，在我们住所的后面被发现了，巴尔惠德尔夫人非常苦恼，因为她已经打定主意要养猪，正等着艾格山姆勋爵从伦敦带一头公猪来,改善她的养猪事业——她的父亲吉伯克先生正在为格拉斯哥的市场培养这个赚钱的商品。在这种情况下，我们的母猪死亡，就成了一项大罪和一种残忍的行为,这件事情在村庄里激起了很大的情绪，爱尔兰人不得不逃走了;他们去了格拉斯哥,在那里他们当中的一个人因为什么事被绞死了,但是至于他为什么会被绞死，我既没有听说，也没有想过,和很多其他事情一样,我本该认真去想一想的。

第八章 一七六七年

艾格山姆勋爵遭遇车祸，因此教区修了一条新路——学校女教师南希·班克斯变得穷困潦倒，我为她讲道

我们的整个教区都在飞速地向繁荣迈进。耕作的精神开始压倒人们对走私的热情，道瑞的煤矿给我们带来了源源不断的财富。在我家，第二任巴尔惠德尔夫人的勤劳和节俭也带来了累累硕果，这样我们可以把整年的薪酬都存进银行。

我前面提到的国王公路沿着文奈尔路穿过，文奈尔路狭窄崎岖，四处散落着大大小小的石头，在春天和秋天，时不时会有施肥的粪堆，这样从道瑞沼泽来的运煤车经常会停在路中间，其中一些马车不止一次地陷在粪堆里，还有一些车都散架了。马车夫对这些困难怨声载道，有好多天有传言说要修缮这条路了，但一直也没有实现，直到这年三月，艾格山姆勋爵从伦敦来看他在我们教区

新买的地。勋爵彬彬有礼，很喜欢自己的马，他的马是我们乡下人看到过的最漂亮的。像我说的，他来了，来看他的新地，那么他必然有一天要穿过村子，那天所有的大粪都在马路中间堆着，臭气熏天，汤子流得到处都是。勋爵像以色列的耶户国王一般，驾着昂首阔步的骏马从这里经过，走到文奈尔路的一头，一长列满载着煤炭的马车从迎面走过来，路太窄，我们的勋爵没办法从他们身边穿过。该怎么办呢？勋爵大人不能回头，拉煤的马车也乱作一团。所有人都从马车上下来帮忙，试着把勋爵的马车从粪堆上拉过去，这时马突然跳起来，掀翻了车厢，把我们的勋爵头朝下扔了出去，正好落在这堆东西的香水瓶里，他气急败坏，破口大骂，他说会让议会出个法案，制止这样的倒霉事再次发生——今年这件事已经有了成果，这条路就要修起来了。

尊贵的勋爵在这样悲惨的境遇下，抛弃了马车来到我的府上，等他的仆人去城堡给他拿换洗的衣服来；但是他等不及，也忍受不了，于是我把我最好的一套衣服借给他，我和巴尔惠德尔夫人都觉得很好笑，因为他身材健壮，而我身材瘦小，看着勋爵穿着我的衣服的样子还真是滑稽有趣。

这件事使艾格山姆勋爵和我之间产生了一种邻居般的友善和亲切，因此第一任巴尔惠德尔夫人的弟弟安德鲁·兰肖想要去印度时,我给勋爵写了一封信,勋爵把他以实习生的身份派过去了,安德鲁去伦敦办手续时,勋爵考虑非常周到,和他提起我时,把我说得像个圣人一样,上帝知道我觉得自己离那样的描述还差得远。

回到我前面提到的修路的话题,整个镇子都被掀了个底儿朝天。继承者们达成协议,公路应该从南侧房屋的后面经过;根据定下来的计划,两侧的农场房屋应该拆掉一些;随着计划的执行,在几年的时间里,镇子逐渐变得整整齐齐,现在已经成了乡村的一道风景——这都要归功于发生在艾格山姆勋爵身上的那次车祸,也见证了改善的进程,在天意直接的激励之下,人心变得谦卑,他高贵傲慢的目光也会呈现出谦和的风度。

修路的确是教区的一件大好事,给我的人民带来很多益处,我们在这一年也经历了无法弥补的遗憾——学校女教师南希·班克斯的死。很长时间以来她的身体一直虚弱无力,但作为一个有条不紊的人,她仍然坚守在岗位上,培养出很多未来受人尊敬的妻子和母亲。但是这一年她的身体每况愈下,她的抱怨也越来越多,她叫人来请我,谈谈放弃学校的事情;一个周六的下午,我去看她,那些女孩子,她的学生们已经把房子收拾好回家了,周一才回来。

她正坐在窗前的角落里朗读《圣经》,我走进来,她合上书,戴上眼镜,示意她看见我了;因为她知道我会来,她的学生已经把她的安乐椅罩上干净的罩子,摆好了等我,看到这些,我意识到即将发生的事情不一般,只等我坐下了。

"先生,"她说,"我把您请来,是因为有一件事情深深地困扰着我。我在这屋檐下和贫穷抗争,是上帝的旨意给予我这样的生活,但是我的力气用光了,我恐怕必须要在这场斗争中屈服了。"她用围裙擦了擦眼泪。我告诉她要乐观一些;接下来她说,她不能再忍受学校的喧闹,她累了,已经准备好躺下,等待上帝的召唤,但是,她接着说:"没有了学校我该怎么办呢?唉!我既没有工作,也没有生活的必需品;我还要继续留在教会里,因为我来自一个体面的家庭。"我安慰她说,我认为她在教区里做了很多的好事,教会亏欠她很多,他们不过是给她一份她应得的报酬。"但是先生,我更希望,"她说,"先看看我以前的学生会做些什么,我之所以想和您谈,就是因为我的这个想法。如果她们当中一些人,能时常来看望我,我就不会孤独地死去;她们给我的一些小小的帮助也不会给她们造成负担——比起对教会提要求,我更确信这样她们的感恩之心就不会遭到大家的质疑。"

我对这样真诚的自尊心一直怀有崇敬之情,因此我让她放心,我会遵照她的想法,恰好第二天是安息日,早上，我讲道时提到他们无人帮助的困难境况，一位上年纪的单身女人，在人生垂暮之时，孤苦无依地住在阁楼里，我讲得如此透彻，不但令教众们感同身受，还直穿内心，很多人流下眼泪，离开时都很悲伤。

唤起了人们对她的情感以后，周一早晨，我走街串巷，更具体地讲述关于可怜的老教师南希·班克斯的情况，说出我不得不说的话，看到我的人民如此善良，我真的非常高兴。大家无一例外地表示同情；大家纷纷决定，我们应该供养这位正在走向衰弱的女教师。但是并没有颁布法令，只是出于大家的好意。周一，学校解散了，得到这个消息，年轻的女学生们只剩下了恸哭，这些可怜的小东西们说，老师就快要死了。事情真的这样发生了，当天下午她躺在床上，在这一周里，她越来越衰弱；在下一个安息日，她像一位受上帝庇护的圣者，悄悄地从这喧嚣暴乱的尘世溜走，去往天堂之国。在这我要提一下，当我把南希·班克斯的事情告诉玛卡达姆女士时，她问我南希吸不吸鼻烟，我回答她吸，女士给她寄来了一个精美的法式珐琅瓷盒子，里面装满了她一直存在瓶子里的上好鼻烟；在鼻烟下面，盒子最底下，还有一基尼硬币；在南希·班克斯离世以后，玛卡达姆女士还做了这样善意的事。

在这年的年末，人们盛传着一些有关变化和灾难的古老预言，主要是因为人们在谈论连接克莱德河和福斯河的一条水渠,大家觉得这是不可能实现的;我们院子里的梨树发芽的情况很糟糕,圣诞季时树上长满了虫子,这是件很不吉利的事,尤其是在第二任巴尔惠德尔夫人的产褥期,我的大儿子吉尔伯特,未来的格拉斯哥的商人刚刚降生的时候,接生婆说她很顺利地帮孩子降生到这个世界,这是在这年的最后一天,我为我自己,也为我的人民感到欣喜,他们也异常兴奋,因为他们的主教拥有了一个男性的子嗣。

第九章　一七六八年

艾格山姆勋爵向查尔斯·马尔科姆提供帮助——寻找一位新的女校长——萨布丽娜·胡基小姐得到了这个职位——教区的时尚趋势发生了变化

时光飞逝，带走了我们的青春和力量，只给我们留下了皱纹和老年的病痛，想到这些不觉惊讶。我的儿子，吉尔伯特，现在是个魁梧的格拉斯哥商人，当我拿起笔记录这一年的大事时，觉得他好像还只是一个在襁褓中吃奶的婴儿，在母亲的臂弯里咿呀叫着撒娇，他的母亲已经在教会院子里长眠，就在她的前任的身边，在亚伯拉罕的怀抱中。然而，我并没有打算说很多关于我个人的事情，因为那样不妥，也不礼貌，我打算讲讲教区里发生的事，这本书是我在这里任职的见证。因此，从这样的观点出发，我现在要唤醒大家对马尔科姆太太和她的孩子们的关注；因为，我认为，命运对这位令人尊敬的体面的女人以及她的优秀的孩子们的掌控，比对其他任何人都体现得明显。她的早晨是阴冷的，痛苦的瘟疫降落到她的命运中，中午太阳照耀着她，她的傍晚是温暖的，当她躺下准备入眠，天空中的星星欢快地闪耀着，他们是天堂里的眼睛。

这时她的儿子查尔斯已经长成一位结实健壮的小伙子，在烟草商船归来之前，人们就猜测着他应该已经出徒了，他是与桅杆为伴的男人，听说航海技艺很高，应该已经向晋升迈出了一大步。但事情并没有这样发展；当烟草商船停泊在北美洲的弗吉尼亚港时，一伙人来抓去打仗的壮丁，他们冲上甲板，抓住了可怜的查尔斯，带他上船巡航去了，过了很多天，都没有人知道他去了哪里，直到我想到了善良的艾格山姆勋爵。勋爵能在国王政府那说上话，于是我给他写了一封信，告诉他我是谁，还有他穿我的衣服时的滑稽景象，希望这样他可以想起我，同时我感谢他的屈尊和恩惠，把安德鲁·兰肖送到东印度群岛。在信的末尾，我提到一点点关于查尔斯·马尔科姆案子的信息，祈求勋爵看在可怜小伙子那寡居母亲的分儿上，向政府咨询一下查尔斯的消息。不久以后，我收到了勋爵极其礼貌的回信，叙述了战争中叫这个名字的人的情况，以及他所在的地方；信的末尾，勋爵说，我很幸运能有一位任海军部上将的兄弟，在这件事上做我的代理，因为如若不然，从我模糊的描述中，可能没办法获得这些信息；很长时间以来勋爵的话对我来说是一个谜，因为我不理解他说的代理的意思，直到这一年，我们听说他自己的兄弟就在海军部任职;可见勋爵大人是想和我开个玩笑，他是个非常好的人，总是爱开玩笑，后面我还会提到这一点。

在马尔科姆夫人的监管下，她的女儿凯特一直在跟随玛卡达姆夫人学习缝纫的技巧;学校女校长的位置空了出来，有人向马尔科姆夫人提议，让凯特来接管学校，教会在学生交学费的基础上，每年向凯特支付五镑的报酬。但马尔科姆夫人说她自己没有能力对付那么多不守规矩的顽童，而凯特虽然是个好姑娘，但脾气暴躁，盛怒之下可能会把孩子们打瘸;当天晚上，玛卡达姆夫人给我写了一封信诉苦，她正在想办法让凯特离开;以前她因为她的品行经常受到大家的赞誉，像金丝雀一样被宠爱着，现在动不动就跑掉，要不就发脾气。夫人想着如果不把凯特·马尔科姆留在身边，就不会受这些痛苦的折磨了。这一年，她在法国学习军事的独生子回来看她。他是一个思想敏锐，无忧无虑的年轻人，而凯特·马尔科姆也越来越漂亮，像一朵正在绽放的玫瑰花;两个人之间生出一种眷恋之情，这使得可怜的跛脚夫人感到非常沉重;她非常确信地告诉我，和这件事给她带来的心痛相比，风湿病已经算不了什么。这件事后面我会再提到;现在我们足以这样说，我们记录了让凯特·马尔科姆来做女校长的计划的流产。然而主为此而高兴，我们从他那里得到了完美的礼物，就是在这时给我们带来了萨布丽娜·胡基小姐，她的父亲老胡基先生曾是临近教区的校长。老胡基先生死后，她和在该罗门开商店的阿姨一起住在格拉斯哥。本以为这位老妇人会把所有的财产都留给她的继承人，她也是这样说的，但是，哎！造化弄人。她还没来得及写好遗嘱，就突然患中风离世了，那天她正在自己的商店给一位大学教授称一盎司鼻烟，大灾难就这样发生了，她去了来生世界，令人措手不及，这些都是萨布丽娜小姐亲口告诉我的。这样贫困之中的萨布丽娜小姐恰巧听说我们教区有个职位，当时有一只鸟大叫着飞过，她也不明白怎么回事；我判断长者威廉·凯考应该帮了忙，因为他当时就在格拉斯哥；她给我写了一封信描述了自己的情况，字迹漂亮；这封信到我手中的时候，正好是玛卡达姆夫人向我控诉凯特·马尔科姆的第二天早上，当天我就把这封信交给了教会；这样等她忙完手头关于姨妈的事情，我们已经准备好她来以后的住所，她怀着感激，非常守信地在这里住了三十多年，尽管有些人认为她没有前一任女校长方法得当，说她在马车里盛气凌人，不符合她的职业应有的礼仪。

然而她的虚荣心与人无害；可怜的女人，她的生活零零碎碎，她只有一只好的眼睛，另一只看不见东西，像颗蓝珠子,她需要用这些优雅的举止把自己装扮起来;开始她以非常显而易见的方式向劳尔莫尔先生示好,后来她每周日在教堂里对他眉目传情,经过半年多时间,萨布丽娜小姐在绝望中放弃了。

她来到我们教区所带来的最了不起的转变,是改变了我们当中很多人的教名。自从她的父亲老胡基先生读了维吉尔,就一直受缪斯九女神的影响,他为萨布丽娜小姐做了洗礼,并用约翰·弥尔顿作品中的名字给她起了教名。萨布丽娜小姐开始把珍妮丝叫作杰西,把南妮斯叫作南希;天啊!有的人有生之年竟看到这些都过时了。她在格拉斯哥学过女外套的制作,因此在这方面也很有品位,从她第一次在教会出现的安息日开始,年轻姑娘们的装束就发生了变化,从那天起她们丢开了头上被祖母们视为骄傲和勇敢象征的丝质格子布,抛弃了简洁的束发带,而是把头发藏在用薄纱和羊肠线制成的圆边蜜蜂帽里,还有一些其他的从法国来的奇怪物件;这些在学校的以及圣烛节的事务以外,给萨布丽娜小姐带来了很多顾客;这样她存了很多钱,三年之内就在银行里存下了十英镑。

当时在教区里这些改变和革新被看作是大好事;但今天当我回想起来,就像一位山间的旅者回首看走过的道路,我有了一些疑问。财富带来了欲望,就像一群喧闹的乞丐围在一位慷慨的人脚下,很难说对于我们这个乡下的教区到底有些什么好处，尤其是对那些辛勤劳作的人。但是反思不是我的职责，我的任务是记录下时间和习俗的转变。

第十章　一七六九年

一块石头中发现了一只蟾蜍——水手罗伯特·马尔科姆结束了北方的航行回来了——凯特·马尔科姆偷偷和玛卡达姆夫人的儿子通信

　　我不确定是在年初还是年末，有件事在教区传得人尽皆知；但是不管是什么时候的事，事情本身都再清楚不过，因此我有责任把它记录下来。之前我提到过修路的事正在进行之中，多亏了艾格山姆勋爵摔倒在文奈尔路的粪堆里。其中一个干活的人在为新路敲石头的时候，他敲开了一块又大又漂亮的石头，石头是空心的，里面有一个活物，一见阳光就跳了出来，这个男人吓坏了，他觉得那一定是一直被关在石头里面的罪恶灵魂，除此以外他想不出别的解释。这个男人来找我时已经精神错乱了，全村的人，不论老幼，都聚集到一起，我走在他们前面，去看看这个奇迹到底是什么样的，那男人说那是一条暴怒的龙，吐着浓烟和火焰。但当我们到达现场的时候，看到的不过是一只陆地蟾蜍，我还没来得及阻止小孩子们，他们就用石头把它砸死了。后来我在一本很有价值的《苏格兰杂志》中读到过类似的事情。

"石头里的小恶魔"事件过去不久，我们听到风声，十个部落的美国人造反，被抓起来了，但他们竟公然挑衅国王政府的权威。那个时候我们还没有报纸，消息是周六晚上，罗宾·莫德沃尔特从艾维尔的邮局带回来的。托马斯·弗拉顿（已经去世一些日子了）在艾维尔开杂货店，他每年都会去格拉斯哥处理他的账户，买一大桶烟草，还有糖和其他调味品；在格拉斯哥的时候，一位正在发财的烟草商人告诉他，由于庄园主拒不服从，人们都认为不流血事情是不会结束的了，国王和议会人员都被他们激怒了。但是在我们教区，只有在国王船上的查尔斯·马尔科姆好像和这件事有些关系，对于战争这个巨兽带来的第一声喘息，我们丝毫没有担心；但由于我们的原罪，我们注定要吞下战争带来的苦果，战争这头猛兽将毁灭很多人民的生命，直到它被仁慈与和平的锁链再次束牢。

与此同时，我给艾格山姆勋爵写了一封信，想让查尔斯·马尔科姆离开被强征入伍的军队；大约一个月以后，勋爵给我回信，信中还夹着一封船长的信，船长在信上说，查尔斯·马尔科姆非常优秀，船长不愿意与他分别，查尔斯自己也非常乐意留在船上。关于这封信，勋爵说，他已经给船长回信，让他提拔查尔斯为海军候补少尉，而且勋爵会保护他的，这对于我们来说简直是皆大欢喜，尤其是他的母亲；首先得知儿子虽然还很年轻，却非常优秀；其次，勋爵自愿资助查尔斯，亲自庇护他。

然而这世间的甜蜜永远伴随着痛苦的到来。罗伯特·马尔科姆，马尔科姆太太的二儿子正在做水手，他所在的往返于艾维尔和贝尔法斯特的运煤帆船获得了特许，可以到挪威去进行交易，这使得马尔科姆太太非常难过，因为那时不像现在，福斯河和克莱德河之间没有运河连接，所有的船都必须绕行奥克尼群岛；奥克尼群岛白天长，夜晚短，所以去往那里的航程在夏天还不是极为危险，但到了冬天就变得正相反，白天短，夜晚长，很多船都在波罗的海被冻住，直到春天才化开；当时有一个故事：年底的时候，一艘船要返回艾维尔，但是完全迷失了方向，它应该向北航行，却去了完全黑暗的地方，因为人们再也没有听说这艘船的消息；关于这艘不幸的帆船上的船员，老水手们讲了很多可怕的故事。尽管马尔科姆太太是一位柔弱的母亲，眼泪溢满她的双眼，流淌在她的脸颊上，但她非常坚定，她相信上帝会给她的孩子毅力，也会给她以信念，她将自己的孩子交付给上帝，虔诚地臣服于他。她的信念得到了报偿，帆船安全地把她的孩子带回来了，他见识了如此丰富多彩的世界，听他谈起艾森纽厄尔、哥德堡,以及其他那些我们闻所未闻的美好且伟大的地方,就像读一本故事书一样有趣;他给我买了一瓶里加药酒,对伤口愈合非常有效,此外还给他母亲买了一小瓶清澈的罗素素乐思酒,这真挚的情谊无法用语言表达;从那个时候开始,我们买过各式各样的但斯克甘露酒,但我再也没有品尝过比罗宾·马尔科姆带回来的罗素素乐思酒更好的。玛卡达姆夫人对这些东西非常了解,她说罗素素乐思酒是精品中的精品;马尔科姆太太用医用瓶子给玛卡达姆夫人送去了一些,也给巴尔惠德尔夫人送来一些,她当时刚刚生了我们的女儿珍妮特——她现在已经结婚了,是一位优秀的妻子,她经历了很多苦难才长大成人,也接受了良好的教育,我将会在后面逐渐记录下来。

圣诞节快到的时候,玛卡达姆夫人的儿子完成了在法国军事学校的学业,借助他父亲的名望,在他母亲的朋友的帮助下,在皇家苏格兰团获得了职位;毫无疑问,他是一个很有责任感的儿子,他回到母亲身边,给她看看自己穿着军装的样子。恰好那天在教堂里,他穿着深红色和金色相间的军装,同一个礼拜日,罗伯特·马尔科姆也结束了去挪威的长途航行回到家;当我在讲坛上看到士兵和海员,站在我们这些温顺的乡下百姓当中,我想这就是战争的预兆,就像在很多犁和镰刀当中发现了剑和枪炮在朝我们过来,我开始感到苦恼,于是做了一次最为沉重的布道,很久以后人们还记得这次布道,他们认为我在那天天才般地隐约预言了美国内战的爆发。

　　这次来看望母亲,年轻的玛卡达姆领主把和凯特·马尔科姆之间的书信带了回来,这件事情后来给我带来了很多麻烦;因为这件事是偷偷进行的,但是现在更详尽地说这件事情还不是时候。然而我应该提到的是,在这一年马上结束时,马尔科姆太太自己到死神门前走了一遭,因为她在教堂里染上了一种喉咙的疾病。有时候听她说话都会觉得恐怖;但到了春天,她好起来了,在那之后她的状态要比几年前还好;她的女儿埃菲,也就是女校长口中的尤菲米娅,已经长成一位聪慧机灵的少女;她是那样一个机灵鬼,大家都喊她鬼火;她的儿子威廉,五个孩子里最小的一个,跟随劳尔莫尔先生学了很多本事。他很文雅、善良,生性沉着。因此,校长说他将会被选拔出来,成为一名牧师。总之,我越多地想到在这个家庭里发生的事情,想到他们母亲的温顺和虔诚,我就更加确信在任何教区都不会有比他们更好的例子来证明一个真理,信仰上帝的人,必然会成为上帝的朋友,永不被抛弃。

第十一章 一七七〇年

这是快乐且平静的一年——艾格山姆勋爵在村里建了一个集市——教区迎来了第一次潘趣演出

这一年在我任职期间是格外幸福、安详的一年；当我回顾这一年时，一切都是那么平静，井井有条；走私的阴云已经散去，至少对我的人民来说是这样；关于美国反抗的传言，就像埃尔酒吧的声音那么遥远。我们身处平静和快乐之中，在初春晴朗的早晨，欣赏着我们的财富，看那装点着簇簇花朵的苹果树，这时鸟儿归来了，感谢上帝带来又一个播种时节；忙碌的蜜蜂从蜂窝飞出来采集花蜜，在开满鲜花的田野上，在山中的金雀花丛里，还有风铃草、春白菊，大自然用亲切且温柔的手把它们撒在山谷中，她在这美丽的世界徜徉，见证仁慈的圣父给予世界的美好。

在春季和丰收的圣礼时，天气好得像天堂一般；每个人的心里都感到一种愉快而沉静的情绪，男人们的思想都变得柔软了,教友的人数比以往很多年都要多,桌子旁坐满了来自邻近教区的虔信者,那些曾经反对我出任的听众,愿意公开证明对我的满意和真挚的感谢,我们的帐篷在这两个时刻被重重包围,他们从没有预料到会看到这样的景象。当然,当时有一些最好的神职人员协助我,但我自己也并不是在葡萄园里游手好闲。

当我想到这一年,这硕果累累的、欢快且亲切的一年,经常有一个想法会进入我的脑海,上帝一次次保佑土地获得比以往更大的丰收,那么与此相似,在快乐的时节他有时也会向人类的胸怀注入一大股善良和慈悲,使他们爱彼此,善待所有的生灵,并满怀感恩之乐,而这些是上帝的恩惠中最伟大的一种。

这年艾格山姆伯爵命令在村子里建一个集市;对于几英里以内的小孩儿、小伙子和姑娘们来说,那真是欢欣鼓舞的一天。的确,再也没有一个集市像第一个这样了;随着小客栈里飞速增加的小丑演出,现在我们这儿有了更多的江湖骗子和戏班小丑,还有了比杂货店里更丰富的货物和更多小贩的摊位,但却少了无忧无虑的玩笑嬉戏。就在这个时候,潘趣的戏剧第一次在我们这里上演,毫无疑问,我们这儿从没有过这么有趣的演出;潘趣先生虽然只是个木头人,却像活着的真人一样搞笑,他点头打瞌睡的样子真是滑稽;但是,他是一位悲伤而固执的船长,看着他横冲直撞、取得胜利,最后唱起歌来,真是一种消遣。几个月以后,小男孩们还都在学潘趣那样尖叫和唱歌。总之,在这一年里我们都沉浸在愉快的情绪中,这篇记录的简洁便见证了这段时间的纯净。

第十二章　一七七一年

玛卡达姆夫人的性格——她截获了她儿子和凯特·马尔科姆间的信件

在这一年，我开始为玛卡达姆夫人家的事费心，就像我前面不时提到的，她有一种只属于高级教士的性情，任何事情都按照自己的方式来，在处事方法上并不十分严谨，我想这些都是高级教士的真正的幽默感。她来自国家东部的圣公会，在那里完善的教义很长，但没人听，她把牧师谦卑的美德看成虚伪的罪恶；因此，除了邻里间的探访外，我俩之间并没有过真诚的交流。然而，她所有的古怪行为，本可以经过适当的引导得到改善，从她有时参加慈善活动这件事可以看出，她的精神中有善良的部分，她展现了一个真正的基督徒的慈悲；但她的道德教养在青年时期没有得到重视，在冬天漫长的夜晚，她会和拜访者们打牌，来浪费宝贵的时间。我痛苦地了解到，她一边用这种无意义的、罪恶的方式打发着时光，一边费尽心力地指导着凯特·马尔科姆。然而我最不喜欢的,是她行为中与年龄极不相称的轻浮和幼稚,她早就超过了六十岁,结婚后很多年才有了孩子。她的军官儿子来得很晚,人们还以为她会成为道格拉斯案件的证据。当然风湿病把她弄得一瘸一拐,她手中所剩的时光也不轻松;可这位瘫痪的老妇人,几个小时地坐在那叮叮当当地弹着竖琴,连最擅长消遣和运动的人也会感觉到她的不自然!那么又该怎样评论她唱意大利歌曲的事情,伦敦的沃尔斯豪尔时不时送来的新鲜东西,以及巴黎皇室一位女士寄来的一箱箱最新的小说。她在尽心尽力地教凯特学习音乐和很多其他的东西,夫人自己曾经说过,这些东西足以使凯特成为合格的公爵夫人或者总督夫人。夫人向马尔科姆太太保证,不管凯特成为哪一种夫人,都会尊敬她的导师,也就是她自己;但是关于这件事情,我必须要说一下。

一月初的一个傍晚,我正在房间里研究《苏格兰杂志》,我清楚地记得那是当天晚上才到的最新一期,巴尔惠德尔夫人在厨房和女仆们忙碌着,像往常一样监管着她们,她是个聪明女人。当时我们的织布机很不错,既有小轮又有大轮,能织袜子也能织毯子——我在书房坐着,火烧得正旺,我打算用一整夜来思考,这时巨大的敲门声传来,我吓得差点把书从手里扔出去,房间里所有的纺轮都立即安静了下来。是夫人的仆人,他说夫人非常绝望,请求我到她那儿去一趟。基督教要求我服从召唤,由于她儿子去印度的事,她的心情低落已经有一段时间了,也许她打算施舍她的慈悲,或者在绝望中清醒过来,认识到自己一直以来所处的黑暗境地,想到这些,我匆匆忙忙地出发了,在从我的府邸到她家的路上,尽我所能地迈着大步。

一到门口,我发现房间里灯火通明——蜡烛照亮了楼上楼下的房间,房子里响着一种不寻常的哗哗声。我走近餐厅,夫人平时总习惯在这里坐着;但她没在这儿——只有凯特·马尔科姆自己,慌乱地捡着地毯上的碎纸片。她抬起头看我,我发现她在哭泣,眼睛通红,我焦急地说:"凯特,孩子,没发生什么危险吧?"我话音刚落,这个可怜的女孩子站起来,倒在椅子上,手捂住脸,痛苦地哭了起来。

"这个老傻瓜,在为这荡妇做些什么啊?"从起居室传来尖利而愤怒的哭喊——"他为什么不来我这儿?"这是玛卡达姆夫人的声音,她这句话是指向我的。于是我朝她走过去;但是,哎,她的状态距离我的期望太远了。这世间的高傲已经牢牢地控制了她,使她的理解力变得可怕又可笑。她就在那里,像画中的无耻荡妇耶洗别一样,像每天下午一样头上戴着树胶做的花,坐在长椅上,手里拿着一封信。"先生,"我走进屋里,她说,"我想要你立即去找这个年轻人,你的教士(指劳尔莫尔先生,学校校长,同时也是教会的教士和领唱),告诉他我会给他几百英镑,让他马上和马尔科姆小姐结婚,我还会保证去我朋友那里给他找一个差事做。"

"别着急,我的女士,您必须先告诉我这一番匆忙的好意是为了什么。"我冷静且有条不紊地说。这时她抽泣了起来,就像一个生气的女孩在哀叹自己的惨状和家庭的耻辱。我吃了一惊,陷入慌乱,最后她终于说出了事情的经过。那天晚上仆人从艾维尔邮局拿回了两封信,凯特·马尔科姆当时不在家,仆人回来的时候,把两封信都放到了夫人的银器皿上,他通常都是这么做的;夫人没有想到凯特还会和伦敦有书信来往,她认为两封信都是写给她自己的,而且两封信都是免邮寄的。就这样,她打开了寄给凯特的一封信,这封也是她的儿子寄来的。当她看到儿子亲笔书写的前几个词,她简直不敢相信自己的眼睛,她读了一遍,又更加仔细地读了一遍,直到她读完整封信,知道了凯特和她亲爱的儿子正在幽会,这封情书也不是两人之间的第一封了。于是,她把这封信撕了个粉碎,把我找来,冲凯特尖叫;总之,她发疯了,她既不约束自己的情绪,也不控制这场私通,她在盛怒之下,咒骂着可怜的凯特和年轻男孩的无辜恋情。

我耐心地听她说完了她的发现,给她最好的建议;她却嘲笑我的判断，因为我不会直接去找劳尔莫尔先生让他立即和凯特结婚，她高傲地和我道了晚安，自己派人去找劳尔莫尔先生了。然而劳尔莫尔先生有一位值得尊敬的伴侣正打算结婚，于是他谢绝了夫人的建议，这让她更加愤怒。尽管整件事情确实缺乏审慎的思考，这位妇人已经完全被她的情绪左右，她既不和凯特决裂，也不允许她和我一起离开，而是像平时一样让凯特和她一起吃晚饭，有时候称呼她为背信弃义的荡妇，有时候又忘了自己的精神错乱，和平时一样温柔地和她交谈。晚上，凯特像往常一样帮夫人上床休息（这是第二天早晨凯特眼里含着泪水告诉我的），当玛卡达姆夫人按照往常的做法弯下腰来亲吻凯特道晚安时，她突然又想起了"私通"的事，狠狠地给了凯特一记耳光，可怜的姑娘几乎被打得神志不清。第二天早晨，凯特被郑重警告，永远不许再给年轻的领主写信，她说这就像用编条抽打男孩子的屁股一样有效。于是，一段时间以来，事实上是整整一年时间，这件事情都没有什么后续发生，巴尔惠德尔太太不久后去拜访玛卡达姆夫人，夫人说我耳朵太软，没有主意，她永远都不想再理我了，对于我的第二任妻子巴尔惠德尔太太来说，这些话显然很不礼貌。

这次骚乱是我第一次插手我的人民的家事，我把自己的个人行为也掺杂了进去，背离了自己的初衷，以前我只有在很自然的情况下，例如他们找到教会来的时候，才会有所行动；但是我对玛卡达姆夫人的行为规则非常不满，也开始对凯特·马尔科姆和她在一起的状况感到厌烦，在我看来，夫人思考问题的方式不能被信赖，尤其是在与她的傲慢和虚荣有关的问题上。然而时光飞逝——蝴蝶和花朵终将成功地孕育出叶子和果实，再没有什么能干扰这一年的平静；在年末的一阵潮湿天气之后，开始结冰了。马路上铺着一层冰，就像冻住的河一样；于是运煤的车没办法工作了；我们的一头牛（巴尔惠德尔太太说在那场灾难之后，这是我们最好的一头牛，但以前她好像并不这样认为），在从地里往牛栏走的时候摔断了两条后腿，我们只得杀掉它，来结束它的痛苦。后来我们把牛肉用盐腌上，家里一段时间以来存着平时两倍量的血香肠，厨房里挂了那么多火腿，来访者看了都赞叹不已。

第十三章 一七七二年

海克泰克斯特先生的罪行被发现——他威胁年长者说要控告他们诽谤——给美洲家鸭做手术

元旦那天的晚上，发生了一件事，这本来是件小事，结果却好像是芥菜籽长成了大树。一位长者发现村里的一件事，为此来我的住所，他现在已经去世很久了，我们针对这件事情交谈了一会儿，他起身准备离开。我和他一起走到门口，手里拿着蜡烛——那是个晴朗而寒冷的夜晚，风很大，我一打开门，大风就吹灭了蜡烛，我没有多想，举着蜡烛和他走到大门口，没有戴帽子，于是我的头受了风寒，还引发了严重的牙痛；在这种情况下，我不得不到艾维尔去拔牙，之后我的脸肿得吓人，于是安息日我不能为我的人民布道了。然而那个时候有个年轻人，海克泰克斯特先生，他是休·蒙哥马利爵士的家庭教师，在不久前才得到准许。我意识到自己没办法亲自布道，就派人去把他请来，请他帮我行使这次职责，他很高兴地同意了，像所有的年轻牧师一样，渴望向世界展现自己的光芒。在上午和下午布道的间隙，他在我住所用餐，还付了账，我不得不说，他看起来非常谨慎和真诚。然而他正在酝酿一个计划，当天晚上，劳尔莫尔先生来告诉我，海克泰克斯特先生正是那件事情的嫌疑人，上帝先是让我被牙痛折磨，而后又让这件事发生，让这位布道者隐藏起来的虚伪和邪恶大白于天下，这真是上天惩恶的有力安排。那天下午，一位犯了错的姑娘好像很不走运，她本来盼着来教堂看到我，却看到讲坛上站着另一个人，她开始歇斯底里，当着众人大声哭喊，这件事发生得很不是时候，结果母亲和孩子都死了，孩子父亲的指控后来也得到了妥善的处理。

这件事情在教区引起了轩然大波。我因为让海克泰克斯特先生站上了讲坛而受到了严厉的指责，尽管我和去世的孩子一样对他的罪行一无所知；在毫无防备的情况下，为了安慰被耻辱搞得心烦意乱的年长者，我同意把他叫到教会来。他听从了我们的要求，但我永远也忘不了他那天的态度，他质问我们为什么找他过来，我为他的罪恶和厚颜无耻感到悲伤。我用非常冷静和温和的口吻把整件事情讲给他听，却无异于火上浇油。他火冒三丈，非常激动地和长者们争论起来，说他们没有证据证明他和这件事情有牵连，他们的确没有证据，只是有这样一个想法,已故的可怜姑娘从来也没有公开过真相;他说他们阴谋诋毁他的人格,而他的人格是他唯一的财富,最后他威胁说要惩罚他们,因为他们的诽谤和暗讽给他未来的生活带来了伤害,但他把我排除在伤害他的人之外。我们都吓坏了,没说出一句话就让他走了;后来他的确在爱丁堡的法院提出抗辩,声称劳尔莫尔先生和长者们给他带来了巨大的伤害。

这件事可能会带来怎样的后果,没人说得准;但很快他就和休爵士的管家结婚了,两个人一起去了爱丁堡,他在那儿接管了一所学校,在审判的日子到来之前,也就是说,在我为他们主持婚礼后的三个月之内,海克泰克斯特夫人就产下了一个健康的小男孩,对于长者们来说,如果事情向更糟糕的方向发展,这个小男孩就是他们的证人。我们都认为这件事情是好事,它解救了我们的教区,我也接受了教训,在对任何布道者的道德品质不了解的情况下,不要让他们站上我的讲坛。

在其他的方面,教区的这一年过得非常平静;物质条件有了明显的提高,在收费公路旁边种的树篱也长出了树枝,农民们对整齐漂亮的概念又有了新的认识。马尔科姆太太时不时收到儿子查尔斯的来信,他在"复仇号"战舰上,是一名见习军官,船长是他的朋友,也仿佛是他的父亲。二儿子罗伯特在艾维尔学徒师满后去了克莱德,被雇佣到一艘叫作"骑兵号"的船上，去了牙买加。他的性格比查尔斯冷静，更加沉着、诚实、忠诚；他回家的时候，尽管没像他的哥哥那样，带酸橙回来给我做潘趣酒，他带回来一只美洲家鸭给玛卡达姆夫人，我前面提到过，她当时正在教育他的妹妹凯特。我们第一次见到这种品种的鸭子，很多人认为它是一种鹅，只是腿短一些，弯一些。但是那是一只温顺的，长得普普通通的动物，夫人亲口告诉巴尔惠德尔太太，经过一番交流之后，家里其他的鸭子们和家禽们都接受了它。我并不是因为这只鸭子的珍稀而记录这件事，而是为了记录下女校长萨布丽娜小姐给这只鸭子做的一次完美的手术。

我们家的马厩里恰好有一袋豆子，玛卡达姆夫人的母鸡和家禽们，在家里没有喂足，仆人们一疏忽，这些小东西就跑了出来，经过我家门口时看到袋子，就走进来啄，这只美洲家鸭看到装豆子的袋子上有个洞，便吃了起来，直到肚子装满了才被发现。这可怜的鸭子，胃里的豆子膨胀起来，使它的肚子鼓得活像格拉斯哥的治安官，后来人们看到它的头向后仰着倒在身体上。村里的孩子们大叫着跟着它来来回回地跑，这位骄傲的士兵一样的鸭子变得越来越大，大家都开始为它担心。有人认为它在被胃胀气折磨，还有人觉得这种鸭子就是这样孵化小鸭子的，没什么不正常。总之，我们都很关注这件事，夫人很看好萨布丽娜小姐的医术,咨询了她的意见,萨布丽娜小姐建议试试剖腹手术,于是她给鸭子做了手术,打开鸭子的肚子,取出的豆子能装满一个马奇金酒壶,之后又把鸭子的肚子缝起来,鸭子走到河边,像往常一样快活地游泳去了;就这样,在三天之内,所有暴饮暴食导致的后果,都被完全治好了。

我曾经想过把这件事写成文章寄给《苏格兰杂志》,但是总有别的事阻挡着我这么做;所以我在这本年鉴中给它预留了位置,在海克泰克斯特先生的事件发生后,这是这年最值得纪念的一段经历。

第十四章　一七七三年

学校的新校舍——艾格山姆勋爵驾临城堡——我拒绝在周日去吃饭,但周一去了,会见了一位英格兰教长。

这一年发生的第一件事,是教会对继承人们发出的关于新校舍的恳求;以前的茅草房已经被一阵大风吹垮了,二月的第一个星期一,一场暴风雪接踵而至,校舍变得完全无法使用了。较小的领主们非常愿意参与这个计划,拿出额外的捐款,因为他们尊敬老师,他们的小孩还在学校学习;但是,那些自己家里请了家庭教师的先生们,却不那么容易被说服,有些人甚至非常过分地说,教堂只是在周日有用,在一周的其余时间正好用来做学校。这种说法真是亵渎神明,我下决心不让这样的事发生,用我所有的力量和影响,不怕辛苦,建一所新学校。

教会成员为这件事情卅过多次会,继承者们时而争辩,时而讨论,修改着之前的计划,但这项工作所需的款项仍然没有到位。一天早晨,我在翻找东西的时候偶然拿起了艾格山姆勋爵的一封信,信是关于查尔斯·马尔科姆的,我突然想到,勋爵大人是这里最大的领主,拥有教区的大部分土地,如果我给他写信,有了他的帮助和影响力,我或许能让建造一个舒适的新校舍这项计划得以实施;于是我坐下来,把整个事件的细节写在给勋爵的信里,学校校舍现在的情况,领主们的分歧以及那些煽动性的言论,我当天就把这封信寄往伦敦,没和任何人提起这件事。

我认为这是一种很明智的做法。在勋爵大人回复的亲笔书信里,他非常友善地认可了我的做法,他说他会自己出钱建造一所新学校,吩咐我仔细检查,并联系他的管家。他的管家现在就在城堡,在这封信里勋爵已经给管家写好了一些必要的指示。这个消息给整个教区带来了无与伦比的兴奋,领主们对勋爵大人的慷慨和宽广心胸格外赞赏;尤其是那些不愿意承担这项任务的乡绅们,他们还以为需要他们来掏腰包。

夏天,学校的新校舍就要封顶了,勋爵大人在很多人的陪伴下来到城堡,此后他一直不在城堡,直到他派人邀请我下周日去他那儿用餐。但是我告诉他我去不了,因为那样我就违反了安息日的规定。他又派了一名绅士来,对他的冒失行为表示歉意,并请求我周一去他那儿用餐,于是我赴约了。我一向习惯谨慎行事,没有什么处事方法比谨慎行事更好。宴会上有很多英格兰的女士和先生,勋爵大人非常诙谐地给他们讲他怎样掉进粪堆里,我怎么用我的衣服把他裹起来,人们哈哈大笑;宴会上发生了一件特别的事,一位高大、圆脸、戴假发的男士屈尊走到我面前,他是伦敦圣公会一位显赫的大人物,他在餐桌前和我一同喝酒,使用华丽的语言和我谈论一些严肃的问题,关于基督教各教派神职人员的简洁之美,心灵之纯真;我很乐意倾听;他的红色脸颊的确显露出高傲的神情,如果我没有听到他真诚的表达,没有看到他在众人中所受的尊重和关注,我不会想到他内心如此克制和谦逊。勋爵大人的随行牧师对他格外尊敬,这位随行牧师虔诚且和蔼可亲,尽管他在牛津接受教育且投身于圣公会信仰。

不久后的一天,我正在我的小屋里默记下一个周日的训诫词,那位被称为教长的大人物来拜访,使我大吃一惊。他说他来是要作为教区牧师辅助我,并且说如果可以的话,他会在离开城堡前举行家庭宴会。我无法拒绝他的好意,但我说我希望勋爵大人会和他一起来,我们会用最得体有礼的热情招待他们。他回到城堡后一个小时左右,一个仆人送来了勋爵大人的一封信,说他不但会和教长一起来,他们还会带他的客人们过来,因为他们只喝伦敦的酒,他的男管家会在早晨送一篮食物过来,当然,他很肯定地说,巴尔惠德尔夫人本来也是可以为我们准备一顿丰盛的菜肴。

　　然而,这个消息对于我夫人来说是个麻烦事。她只擅长加工本地的物产,或让院子盈利,不习惯款待教长或勋爵,以及其他身居高位的人。但她决心这次要破个例,结果就像所有在场的人所讲的,我们的晚宴非常吸引人。因为恰好一头母猪几天以前生了一窝小猪,除了一只大鸟——鹅以外,我们还有一头烤猪,烤猪嘴里有一个苹果,看上去很有意思;勋爵叫它"纳税的猪",但我说这是巴尔惠德尔夫人自己孵化出来的,我向教主解释的时候可丝毫没有搞笑的意思。

　　可是,哎! 这是教区里很多年以来的最后一个快乐的夏天;之后发生的一件事便是一个不祥的征兆,愚笨的女人珍妮·格凡和她的白痴女儿把教会座位上神圣的绿色衬里撕下来偷走了,据她们说,给他们自己做成了天冷时盖在身上的被子——除了这点罪状,我们当时并没有注意到这次过失所预示的我们闻所未闻的不幸和苦难。在圣诞前后,天气又阴又冷,可怜的珍妮不能像平时一样出来寻找食物了。但她的女儿干起了一样的事情,被带到我这里, 她说她可怜的母亲的后背比教会的木板更需要衣服。她说的没错,我不能惩罚她,所以我给勋爵大人写信说了这件事情,他不但没有在意她们的过错,反而命令在城堡的仆人们善待这个可怜的女人,当然还有她的女儿。

第十五章 一七七四年

琼·格莱凯特被杀——年轻的领主玛卡达姆与凯特·马尔科姆结婚——仪式由我主持，我受托将这个消息转告玛卡达姆女士——她的行为

当我回首这一年，把这一年发生的事和前些年的相比较，我无比痛心与压抑，倍受折磨。像前面说过的那样，我们在过去的岁月里经历了考验和磨难，在走私盛行的那些肮脏和喧闹的日子里遭遇了罪孽和污秽，但比起这一年的悲伤、黑暗与糟糕透顶，之前的经历都逊色多了。珍妮·格凡，这个疯女人的罪恶预言，还有那些悖理逆天的行为，很快以血腥的方式被印证了。

这年三月初，美洲的战争迅速被点燃，政府责无旁贷地送士兵到海外，希望能平息那里的反叛气焰。驻扎在埃尔的一个团接到命令，开往格灵诺克，在那里乘船出发。军队里这些男人的行为粗俗不检，对眼前的上帝没有丝毫敬畏，他们在埃尔招来一些轻浮的女人，跟着队伍一起行进。男人们可不喜欢这些女人跟着,不想到了美洲还被这样的行李纠缠;当他们抵达基马诺克,军队命令女人们回家,她们全都照做了,除了一个琼·格莱凯特,她坚持要跟着她的心上人帕特里克·奥尼尔,一个信天主教的爱尔兰下士。这个男人说已经竭尽所能地劝她回去,但这个顽固的荡妇根本不听他讲道理。于是,在军队经过收费公路那儿附近时,这两个可怜虫被迫离队,他们争执起来,气急败坏的士兵用手中的火枪打了女人的脑袋,结束了她的生命,然后去追赶他的战友们了。

大约一个半小时之后,女人的尸体被劳尔莫尔学校的学生发现了,他们当时正在边玩边等着看军队行进,听军鼓的声音。邪恶的罪行暴露,恐怖的哭喊声整个教区都听得见。农场的小伙子们骑马去追部队,还有一些去报告休爵士——当地的治安法官,问他该怎么办。——就是这样的一天!

但是,杀人犯还是被抓住了,胳膊在背后用绳子绑起来,带回到教区,在休爵士面前他承认了自己的罪行,描述了事情的经过。接下来他被装进一辆马车,由四个小伙子押着去了埃尔监狱。

不久以后,罪犯就被审判了,根据他自己的供词法庭判他有罪,他被判死刑,尸体要被链子吊起来,挂在他犯罪的地方附近。我想一旦这个消息传开,整个教区肯定都会感到恐怖而绝望,我立即给艾格山姆勋爵写信,让仁慈的政府不要这样做。他把这件事解决了,我长舒了一口气。

秋天,年轻的玛卡达姆领主所在的团也受命要奔赴美洲了,国王让他在出发前休假回家看望母亲。但根据后来所见,他不仅仅是看望了母亲。

他知道母亲是强烈反对他和凯特在一起的,担心她会提前把凯特支走,因此没有提前写信回来,而是在天已经很晚的时候直接进门了,当时家人正拿着一副扑克牌浪费美好的时光——夫人一向习惯熬夜;她不但没有丝毫的开心,而且一看到儿子进门就对他和凯特破口大骂,让他们滚出这幢房子,消失在她的视线里。这个年轻人做事则非常谨慎:凯特回到她母亲那里,领主则来到我的住所,求我收留他。接着他告诉我发生了些什么,他说他已经拿到上尉的佣金,决意要娶凯特,希望我为他们主持婚礼,如果她母亲同意的话。"至于我的母亲,"他说,"她永远不会同意的;但是,等事情办好了,得到她的谅解也不是难事,她虽然想法古怪、反复无常,但也很慷慨、很亲切。"总之,在他的诡计多端的诱骗之下,我答应给他们主持婚礼,如果马尔科姆太太同意的话。"我不会反抗我的母亲,"他说,"如果征求她的意见,我知道她会反对;因此,这件事越早做完越好。"就这样,我们走向马尔科姆太太的房子,看到这位圣洁的女人和凯特、埃菲和威利正平静地坐在火炉旁,准备开始晚间的《圣经》诵读。我们进去的时候,我看到了凯特,这样贤淑高贵,神情中带着她母亲得体的谦逊,我忍不住想,她注定要有更好的生活;而当我看到年轻英俊的上尉,我想他们两个简直是天造之合;于是我和马尔科姆太太说明来意,很快她就表示同意,并且也赞成她女儿和上尉一起到美洲去,因为她对上帝的庇护毫不怀疑,尽管有时需要拼搏,但善意的慈悲一直都在。于是,上尉派人去叫等在外面的马车,我们在这期间举行了一场神圣的婚礼,之后就离开了马尔科姆太太家。当然,他们的婚礼本应该在大约三个安息日之前预先宣布的,但是我省掉了这个程序,考虑到这个时间的需要,第一次见面就办好了。这对新人乘着马车去往格拉斯哥,授权我把这件事情通知玛卡达姆女士,真是个棘手的差事,但是我也省去了表演的麻烦。因为夫人清醒过来,想到自己那样粗暴地把凯特和上尉从家里赶出去,好像只有她自己孤苦伶仃;她所有的仆人都在到处寻找着这对情侣,有几个仆人看到马车载着他们俩从马尔科姆太太家门里驶出来,看见我走出来,猜到发生了什么,马上把婚礼的事情汇报给女主人,这对她无疑是晴天霹雳般;于是,她径直倒在长椅上,鞋后跟不停地跺着地面,像精神病院的疯子。我走进来,她过了一段时间才注意到我,但仍没有停下口中的咆哮;但,渐渐地,她转向我,凶狠地瞪着我,我开始心慌,生怕她盛怒之下张着她的利爪飞过来。最后她突然停下来,镇定地说:"现在没有办法补救了,这两个无赖去哪儿了?"——"他们走了。"我说。——"走了?"她哭喊着"走哪去了?"——"我想是,去美洲了。"我答道;听到这儿,她再次径直倒在长椅上,像开始那样,鞋后跟不停地跺起了地面。但是用不着仔细斟酌也能知道,她命令车夫套上她那又老又僵硬的马,一直追到基马诺克,才把两个正在床上睡觉的逃犯抓回来;当他们早晨回到女士家的时候,她突然变得清明起来,竟能够接纳他们了,就好像最开始她就同意并授权他们结婚一样。就这样马尔科姆家的第一个孩子找到了美满的归宿。在结束这一章的时候,我得说一下,我儿子吉尔伯特在十二月初染上了天花,十七天眼睛什么都看不见;那时候我们还没有接受预防接种,只有一些上流社会家庭的孩子到爱丁堡读书,在那儿的学校里接种了疫苗。

第十六章 一七七五年

玛卡达姆上尉为马尔科姆太太提供了一幢房子和年金——贝蒂·沃德瑞夫从爱丁堡带回一款新式的蚕丝披风，但拒绝把样子给老玛卡达姆女士看——她的报复行动

这一年总体来说风平浪静,偶尔有些骚动和麻烦,也不过是上帝在清醒之余的小小失误，最终的结局仍是神的旨意。从圣诞季开始,不论是个人的还是教区的苦难都在渐渐淡去,春天来的虽然比平时晚,但它带来光明和美好,也带来了满足感,这样,除了我们大家都开始担忧的美洲造反的事,尤其是对正身处于战争中的查尔斯·马尔科姆,以及凯特的丈夫上尉玛卡达姆有点担心,这半年里我们几乎没有被什么烦心事打扰。然而,我应该提一下婚礼的后续。

具体的原因我记不清了，如果我听到的消息是真实的话,上尉所在的团没有被派往种植园,只是去了爱尔

兰,这样上尉和妻子就可以在教区里多住些日子,陪陪他母亲。他已经成年,为了安顿好妻子,他在布雷黑德购置了一处房产,当时泥瓦匠托马斯·席维斯还在建着这幢房子,他将这幢房子以及一笔非常合理的收入送给了马尔科姆太太,说他自己拥有这所房子并不合适,他今后应该依靠自己的努力。这件事使这个年轻人在民众中赢得了极高的评价,但他古怪又高贵的母亲大人,想尽一切办法,搞各种恶作剧捉弄那位年迈的女人,这些就不说了。然而她对她的儿媳却非常和蔼可亲;凯特要和上尉一起去都柏林,女士给凯特准备了一大堆随身物品,真是不一般。但谁又能想到,在这善意的背后,一场针对我的痛苦考验正在她心里酝酿!

贝蒂·沃德瑞夫小姐是一位继承人的女儿,当时去爱丁堡拜访朋友;从爱丁堡带回来一款精美的披肩,披肩上装饰着很多个丝带打成的结,在我们教区里从没有见过。玛卡达姆女士听说了这条了不起的披肩,派人去贝蒂小姐那里,请求她把披肩借给自己,她想给年轻的玛卡达姆夫人照着样子做一条。但是贝蒂小姐正因为这条华丽的披肩沾沾自喜得厉害,她回话说,那样自己的披肩就不那么特别了;这话惹恼了威严的老太人,她发誓要复仇,说披肩不会再在贝蒂小姐那儿待很久了。没有人知道她这话是什么意思;但是她单独请来了学校的女校长萨布丽娜小姐,她一直以被女士邀请为荣,一个安息日的晚上,她来喝茶,读《汤姆森的季节》和《哈维的冥想》给女士解闷。这两个人想出了一个秘密的计划,来打倒贝蒂小姐和她的爱丁堡披肩;事后,我严厉地斥责了萨布丽娜小姐,才知道,她去了贝蒂小姐家,非常奸诈地看了披肩,知道了制作披肩的方法,等等。直到她能自己做一件一模一样的,她们就把女士在法国宫廷穿的绸缎旧便服做成了两伴和贝蒂小姐的款式一样的披肩,只是装饰得更加华丽,傻里傻气的华丽。此后的星期日早晨,女士让珍妮·格凡和他的傻女儿梅格看了这两件披肩,并对她们说,如果她们穿着这两件披肩去教堂,坐在长者们旁边,祈祷结束回家时走在贝蒂·沃德瑞夫前面,那么她们就可以得到半克朗。一看到华丽的披肩,两个可怜的傻东西就已经激动万分了,根本不需要额外的贿赂;于是她们把绚丽的披肩穿在破衣烂衫外面,神气活现地去了教堂,在长椅上坐下,全体教众的注意力都在她们身上了。

我没有预料到这些,准备了很有感染力的演讲,内容是关于战争的罪恶的;在演讲中,我很温和地触及战争给家庭带来的威胁和困难,以及和我们同宗同源的美洲人;在我讲话的整个过程中,我竭尽全力地阐释着,直到泪水涌进眼眶,但我却不明白,我的人民为什么都显得心不在焉。这两个自负的傻子坐在我下面的长椅上,我看不到她们;她们坐着,展开她们的羽毛,清理她们的翅膀,抚摸着上面的装饰物,那副尊容真是没人忍受得了;但是教堂里的每一双眼睛都落在她们身上,也落在贝蒂·沃德瑞夫身上,她此刻真是如坐针毡。

没有人在意我的演讲,我万分沉痛地走下讲台;但当我走进教堂的院子,看见两位古怪的女人牵着手走在贝蒂小姐前面,高昂着头,华贵万分,高傲地前后左右看着,我再也控制不了自己,顾不上我庄严的形象,在墓碑中间,在众目睽睽之下大笑起来;人们看到我在敌人面前丢盔卸甲,做出违背礼仪的行为;这时,贝蒂小姐作为整件事的源头,跑进第一扇敞开的门,屈辱得几乎晕倒在地。

长者们都认为这件事情罪恶深重,威胁到教会原有的秩序,他们当晚来到我的住处说我必须指责和训诫玛卡达姆女士,指出她的罪恶,否则就是纵容她的罪行;因为他们已经质问过傻珍妮,已经知道了她们密谋的全部内容。但是我深知玛卡达姆女士的处世之道,更希望长者们处理这件事,而不是让我自己去面对她的暴脾气;但是他们认为这是一桩丑闻,按他们的要求行事是我的职责所在。但是,我要是能在家里休息就好了,我不得不去找坞卡达姆女士谈这件事,她的语气像在开玩笑;我想让她意识到她所犯下的罪行,但是实在力不从心,尽管我讲了很多道理,但是她和我说着有趣的玩笑,描述她在贝蒂·

沃德瑞夫身上要的恶作剧,我被逗笑了。

　　但是这件事并没有结束;教会认为,没有必要和这对被别人当工具摆弄的愚蠢母女谈话,命令威利·霍金到目前为止不允许她们进入教堂,威利和她们一样没有意识到发生了什么事,以为下一个星期日整天都不许她们进来。她们俩当时没有说什么,但是对手们在积极筹划;在之后的星期三,埃尔的教会法院召开了一次会议,让我震惊的是,这对母女也穿着她们华丽的服饰出现在会议上,控诉我和教会剥夺她们的宗教权利。任何的舞台表演都不能有那样的效果;我目瞪口呆、不知所措,教会法院的每个人都好像被绳子牵住了鼻子一样,那个没完没了的爱挑衅的女人玛卡达姆说服了全场人员;在她身上印证了一句话,一个老人等于两个小孩,她的把戏、恶作剧、密谋和一个小孩子一样,但她现在所做的仅是她所能做的一部分。她的申诉被驳回了,我和教会被判无罪;但是我到死都不会忘了在这一刻两个天生的白痴带给我的痛苦感受。

第十七章 一七七六年

一个部队来招募新兵——托马斯·威尔森和一些人应征——查尔斯·马尔科姆归来

美洲种植园的反叛发展成为反对国王权威的公开战争，而战争给王国的力量和财富所带来的伤害本应该由国家的编年史撰写者来记录；我的工作是描述上帝的羊群所在的牧场这小小范围内的事情，由于他的慷慨和仁慈，他任命我为牧羊人，如此卑微的却心甘情愿的牧羊人，哎！却又是如此虚弱无力的牧羊人。

大约在二月的时候，一个征兵的队伍来到我们隔壁的艾维尔郡，招募新兵进入军队，打击叛乱；因此战争已经来到我们家门口了。第一个应召的人是我们村的佃农托马斯·威尔森，到那时为止他一直是个举止得体、值得信赖的人。他本来是个务农的小伙子，偶然遇上了一个昏头的女人，结了婚，生了三四个孩子。过了一段时间，人们注意到他的神情变得非常沮丧、若有所思，头发也越来越少了;他的妻子把家里弄得乱糟糟的,人们都觉得恐怕是因为这个,他经常会去小客栈过夜;简短来说,在冬天的大部分时间里,他都明显是个被快乐世界抛弃的人,所有认识他的人都很同情他。

毫无疑问,他家庭的不幸使他不堪重负,当他听说征兵的事情,就去艾维尔应征入伍。人们听到这个消息,觉得他真是太傻了;在那个动荡的年月,穿着红制服,露着黑色袖口的英国士兵们在乡间横冲直撞,大动干戈,给我们带来了恐惧和慌乱,关于他们的故事也都写满了残酷和罪恶的行为;当然,我们不会想要一个那样的人在我们中间,尤其是在见证了爱尔兰下士帕特里克·奥尼尔杀害琼·格莱凯特的事件之后,这个故事我已经在一七七四年的记录中详细讲述过了。

教会立即召开了一次会议,因为还有托马斯·威尔森的妻子和孩子们,他们将成为教会沉重的负担;我们马上决定,让道肯先生去一趟艾维尔,如果可能,把他从军队里找回来,道肯先生现在已经去世了,那时他不但是我们中间深受爱戴和信赖的长者,而且巧舌如簧。但结果却是徒劳,那里的士兵根本不听他这一套,因为托马斯又高大又健壮;可怜的托马斯自己也昏了头不愿意回来,他就像被诅咒了的乞丐一样,他发誓说如果他再回到那瘟疫般的生活里,他一定会做出不计后果的事情;所以我们只好接管了他的家人,这是我们第一次品尝到战争的滋味,它已经来到我们家里,来到壁炉旁边,来到这些为生计奔忙的人们中间。

罪恶并没有止于此。托马斯穿着国王发给他的衣服,回家来看望孩子,和朋友们道别,他看上去英姿飒爽。第二天,教区的另一个男子也和他一起应征了;但他是个游手好闲的人,人们认为他去为国王卖命对于整个教区来说是件好事。

征兵就像得传染病。夏天结束前,又有三个务农的小伙子跟着军鼓声走了,留下身后的恸哭,关于这个主题我做了一次感人至深的演讲。我把教区比喻成一个寡妇,她的家庭成员很少,她坐在茅草屋里,火炉旁边,正在转着织布轮,打算拿出最好的手艺织一些桌布或者罩衣,可怜的孩子们快活地围着炉火——小一些的做着游戏,大一些的在做事情:男孩子早晨到河边,用叉子和网捕鱼,给全家提供一顿美餐,姑娘们做长袜,准备拿到马力马斯的市场上去卖。——接下来我把战争比喻成这个家庭经历的一场灾难:男孩子在打鱼时溺死,女孩子误入歧途,虚弱的小孩躺在病床上,他们可怜的母亲绝望地坐在炉火的灰烬旁;她已经难以维持生计,连一块钱也没有了;想到自己的孩子,她淌下一滴酸涩的泪水,盼望着战争结束后的日子,就像拉结为孩子哭泣,什么也无法抚平她的痛苦。我做出了这样的总结，是因为我自己的心中也充斥着这样的情感，教堂里的人们抽泣起来，如此真实，就像拉结在为自己的孩子哭泣。

在后半年，一队士兵来到格林诺克的河岸边，查尔斯·马尔科姆就在其中，他和上尉请了假，回家看望母亲；他带来了霍华德先生，也是一位海军见习军官，他父亲是伦敦议会的一位大人物，我们已经品尝了战争带来的痛苦，他们则给我们展示了战争的一些盛况。查尔斯已经长成了一个优秀的年轻人，活泼、善良，像一杯欢快的美酒，他的朋友也和他相仿。他们穿着精美的带金色蕾丝边的制服，他们走进村子的时候，没有人认出查尔斯。大家都很好奇，他们骑着马，走向他离开的时候他妈妈居住的房子，这所房子现在是萨布丽娜小姐和她的学校在占用着。萨布丽娜小姐从没见过查尔斯，但听说过他，当他问起自己的母亲时，她猜出了他的身份，告诉他到上尉给她们买的新房子去的路。

萨布丽娜小姐有时候有些过分，但在这一刻却表现很得体、很真挚，她马上让学生们休息，于是查尔斯回来了的消息像野火般被孩子们传开了，整个镇子都为此而开心。查尔斯见到了自己的母亲，妹妹埃菲，还有庄严而彬彬有礼的小伙子——他的弟弟威廉，我当时不在场，所以我没办法详细描述他们的重逢，他接着就和朋友一起来我的住所看望我，他和我说话时语气非常诙谐幽默，很讨人喜欢，巴尔惠德尔夫人还邀请他的朋友住在我家。简而言之，我们聊了整整两天时间，我从艾格山姆勋爵的管家那里得到许可，让他们在勋爵的土地上射击，我相信教区里每一个男孩子都来加入了我们。至于老玛卡达姆女士，她说查尔斯是她的近亲，她又听说过他那位同伴的家庭，而她自己的性格也和他们十分相似，尽管他们两个是年轻人，但是像我所说过的，她天性里有一种爱幻想的特质，又在很大程度上喜欢恶作剧。她给他们举办了一场舞会，邀请教区里远远近近的所有漂亮姑娘来参加，她欢乐地要飞起来，还从艾维尔请来了一位小提琴手；在场的人们都觉得，如果不是风湿病使她行动不便，她自己也要跳上几支舞。但是我更关心的是，查尔斯和他的朋友就像两只饥饿的苍鹰，他们都对战争的前景非常乐观，希望他们实习期结束后可以被任命为中尉；这件事情给郊区带来的欢乐超越了以往的所有，看到查尔斯给教区的人们，无论老幼，所带来的快乐，我也感到很欣慰，我们都为他感到骄傲，尤其是我本人，尽管他和我说话的态度变得随意了，但却是一种很温暖的方式，只是有长者在场的时候我不太喜欢。至于他的母亲，她在此时的举止就像一位圣人。她心中充满快乐和感激，但表现得温和而内敛，那是一种用语言难以描述的状态。就连从来不会认真对待任何事的玛卡达姆女士都说,当然是用她狂野的方式说,众神如此看重马尔科姆太太的性格,给她的关注比给日历上那些圣人的身体和灵魂的还要多。星期日,这两个陌生人参加了神圣的布道活动,我特地为他们准备了一次演说,详细地讲述了大卫战胜歌莉娅的故事,他们都告诉我从没有听过这么精彩的演说,但我认为他们并不能判断出布道词的好坏。霍华德先生告诉我他是在伊顿公学接受的教育,那是一所高级教士建立的学校,他怎么可能了解纯粹的道理呢?然而他是个好小伙,尽管有些喜欢嬉闹,喜欢消遣活动,但他正直有原则,而后用行为证实了自己的品德;在他拜访期间,他注意到埃菲·马尔科姆,姑娘也留意到他,于是他更加活泼,像正在开放的花朵,看看都让人心旷神怡;他们 直通信,直到战争结束,等他成为护卫舰船长时,他又来到我们这里,我为他们主持了婚礼仪式,这些会在后面合适的时候提到。

第十八章　一七七七年

老寡妇默克兰德——对战争的血腥描述——他得到
一张报纸——大洪水

这是令人心情沉重的一年，因为我们从去美洲的士兵那里得到消息。起初，他们所有的朋友们都预感到，可能人们再也见不到他们了，悲伤就像从水面上升起的雾气笼罩了整个田野，使邻里的心头都蒙上一层灰色。后来，一个消息散播开来，国王的军队将会打一场硬仗，以击溃叛乱，如果他们能被击溃的话。接着又传来了小伙子的朋友们都不愿意听到的消息；但我有必要详尽地描述一下他们中的几个人所经历的痛苦和挣扎。

一天傍晚，我一边独自散步，一边冥思苦想，琢磨着第二天礼拜日的讲演——圣烛节刚过——那是一个美好而晴朗的傍晚，太阳正要落山。我独自走着，思考着全能力量的可畏，如果不用无尽的善良、智慧和慈悲去调和和限制他，可怜的罪人们以及所有的生灵都将遭遇不幸。我走近寡妇默克兰德独自一人居住的房子，她的孙子是乔克·汉皮，第二个应征入伍的那个游手好闲的男孩。当时我并没有注意到这些，走过房子，听到了低吟声，那声音来自一个苦闷的灵魂，她正在向上帝倾诉。我不想打扰这个神圣的时刻，我停下来，静静地听。正是年迈的梅兹·默克兰德本人，她坐在房子的山墙边，注视着太阳光芒万丈地落到阿伦山的那一边；但她并不是在祈祷，而是任凭她的精神从内心流淌出来，被痛苦压抑着，沉痛地预言着年迈和贫穷的到来。——"太阳落下去了，"她说，"我可怜的孩子，在海那边的美洲，也许能看到它明亮的脸，想起他的家吧，我想会的，我那么费力地把他养大，始终对主那么敬畏；但我没办法和命运抗争啊。唉！乔克啊！你看着太阳落山，那么多次，当你还是个无知的小孩，那时就在我腿的旁边，我让你把太阳想成造物主，你就会伤心起来；现在你离开了，不能帮我了，你本来应该守在我身边帮我的啊，我那么辛辛苦苦地把你养大。但这就是上帝的旨意啊——是上帝做的安排，让我们经受世间的打击，我们会得到报偿的，上帝会考虑周全的。"她一边说一边痛苦地哭泣着，她的内心正在经受考验，但是她的信仰带给她满足感，这种恩赐保护着她；我向她走过去，问她担心些什么，尽管她是教区的成员，是一位举止得体的老太太，我却对她知之甚少。她的故事很简短，却很令人痛心。

"但我不会抱怨的,"她说,"尽管我经历了这么多。我是一个孤儿,成年后就嫁给了我丈夫,过着缺衣少食的日子。没过多长时间,他就离我而去,那时我的玛丽才刚刚出生——他留给我一个恸哭的婴儿,还有一颗孤独的心。我用泪水将她养大,经历了那么多困难,但是上帝眷顾我们,她长大了,长成玫瑰般美丽、百合般纯洁的女人。她在最合适的时候嫁给了一个农民小伙子;整个教区再也找不到那么漂亮的一对新人。我太骄傲了,上帝要惩罚我的骄傲,把我的幸福扼杀在摇篮里。就在结婚的第二天,他摔断了胳膊。他再也没有好起来,状况越来越差,冬天就死去了,留下玛丽自己迎接孩子的到来。

"她快要临产的时候,我们俩恰好都在田里干活。她在研究怎么种土豆,我告诉她这活儿可能会伤着她,但她执意要帮帮我,她自己说,万一发生点什么呢。哦,那真是个不好的预兆。就在那天晚上,她难产了,还没到早晨,她就只剩一具冰冷的尸体,又一个光溜溜的孩子被我抱在怀里——那个孩子现在在遥远的美洲。他长成了那样一个善良的小伙子,热心肠,但是思想不成熟,需要父亲的力量来管束他,他不像我期望得那么稳重,但他也不是任何人的敌人,只是和自己过不去。我想啊盼啊,希望他长大了,变得更谨慎,更明事理,那样对我这个老太太就是最大的安慰了;但是他走了,再也不回来了——在这个世界上我只剩下失望，我没有盼头了；我只要自己还能做事，就不会请别人帮忙；但是我已经七十五岁了，做不了什么了，而且一点小病在我这儿都是一场大灾难，只有一个女人自己维持生计！"

我尽力让她振作起来，但在她心里已经没有了希望带来的快乐；而且她告诉我，有很多迹象表明她的孩子已经死了，对这一点她非常肯定。——"三次，"她说，"我看到他的灵魂三次了——第一次他还是年轻人的得意相，然后他脸色苍白，身体侧面带着血淋淋的很深的伤口，第三次只看到一股烟，烟散去以后，我看见他在坟地里躺着，没有裹尸布，也没有棺材。"

这个虔诚且顺从的灵魂的故事一直在我耳边回响，我到家以后，巴尔惠德尔夫人以为我遇到了困难，她非常不安；她迅速地沏好茶，让我放松一下，但还没来得及品尝第一杯，我们在厨房里听到一声恸哭。声音是托马斯·威尔森的妻子和她的孩子们发出的。他们正在各个农舍间找肉吃，在回家的路上，偶然遇到了来自格拉斯哥的送信人，他告诉他们说，《伦敦公报》已经刊登了消息，关于托马斯所在的团打的那这场战斗，遭受了很大的损失；他们的一家之主就要被杀了，这一家人大声叫喊着来到我的住所，他们痛哭起来，从没有过的伤心；后来，结果真的是这样，使我感到人的精神有一种超越肉体感官的对未来的洞察力。

战争的痛苦绝不仅是这些;除了征兵带来的伤害,之后的焦虑,血腥的消息带来的悲痛,这些都是对年轻人的有益警告,人心中任性的一面越来越多地呈现出来。我们都开始好奇这个世界上发生着什么, 我自己也不再满足于每月一期的《苏格兰杂志》,我联系了我的岳父吉伯克先生,他每周从爱丁堡寄两次报纸过来。玛卡达姆女士自然也不甘寂寞,有人从伦敦每周给她寄三次报纸,这样我们每周就有五次新消息可看了;过期的报纸借给那些在战场上有朋友的家庭。这是我的提议,希望大家都能安于自己的命运,但那段时间对消息的支配滋生出了不满,效果和我预想的正相反。人们好奇心越来越膨胀,令我伤心的是,教区里三个最优秀的小伙子,即便在别的教区他们也无疑是最优秀的,都在同一天,加入了驻扎在埃尔的苏格兰骑兵团;在劳尔莫尔先生的学校里,再也没什么能让这些孩子满意的事了,他们不再天真地上课,打曲棍球,而是像中了病一样,像士兵那样列队前进,成群结伙地打假仗。简短来说,火药味越来越足,周六下午一群男孩子从埃尔郡的学校里出来, 和我们教区的孩子在路中间遇上了,他们用石头打了一架,听说打得很激烈,那天很多孩子的身上都留下了疤痕, 这些疤痕一直跟着他们进了棺材。

然而我们不但要被田地里发生的这些事情所困扰；洪水也来打击我们了。十月的时候，玉米还在地里，就在河边较冷的土地上，艾维尔的大水冲过来，漫过了河堤，呼啸着横扫了眼前的一切，那种力量就像神发怒，派他的部下来惩罚土地上的生灵。粮食的损失可以补偿，那些受灾的人并没有太多抱怨；从另一个角度来说，他们的收获颇丰；但是暴怒的河流并不满足于冲刷土地，而是咆哮着冲向满是沙土地的山丘，还有那些因为地下水枯竭而裂开的土地。整个教区都被淹了，在山上，一些人手拉着手，不知道会发生什么；当他们看到被大水冲坏的路标，看到河流冲破堤坝在乡村里到处肆虐，就像一匹战马被放出来吃草，铆足力气，疯狂地奔跑。由于河道的改变，教区里全部的磨坊都离河岸半英里还多了，省去了筑坝或者舀水的麻烦；在新磨坊建好之前，农民们整个冬天都要在繁忙的公路上运送食物，这的确是一件倒霉事，这一年本来已经够悲惨了，这下又增加了不少苦楚，我也不能幸免，直到我的第一任妻子巴尔惠德尔夫人的堂妹的死讯传来；她去哄抢蜡烛，不幸的是，她的帽子着火了；那是一种在当时很流行的高帽子，用别针和假发紧紧地别在一起；着火后没办法扑灭，结果她受了很致命的伤，她坚持了一段时间，便永远地解脱了。这次沉痛悲惨的事故对于我来说，值得深入地思考和担忧；但因为这件事发生在塔博尔顿,并不在我们的教区,因此我只是粗略地提及此事,当我们的人民在神意下受苦受难时，他们的主教也不能幸免,他也在饮同一个壶中的苦酒。

第十九章 一七七八年

走私贸易死灰复燃——贝蒂和珍妮特·鲍基、罗宾·比克来到教区——他们的行为——蒙哥·阿盖尔接替罗宾——艾格山姆勋爵帮助威廉·马尔科姆

这一年，我们仍停留在阴影之中；实际的痛苦减少了，但我们的经历在我们中间投下了阴影，直到春天离我们远去，我们才振作起精神；谷物正在结穗，太阳升到盛夏时的高度，教区里又呈现出了欢乐的迹象。

我很清楚战争不会很快结束，因为我注意到在这一年里，男孩子接受洗礼的人数要比我任职期间的任何一年都多；一些谨慎且聪慧的人注意到这种现象，他们说，出生的男孩多于女孩，很明显预示着战争的到来。

这年最主要的不幸，是走私贸易死灰复燃，它像是邪恶的母亲，还会生出很多其他的不幸，这让我伤透脑筋；但是这个问题不会一直困扰我们，尽管在其他的一些教区里，它疯狂地蹂躏着人们的道德和财富，令人痛心，并

且很多农场都被卖掉了，钱财都进了缉私员和税收官的腰包；政府此时变得更加急切，由于战争的缘故，过往的船只到处巡逻，给走私者制造了很大的麻烦，他们的智慧告诉他们该改行了。

　　玛卡达姆上尉安顿好马尔科姆太太之后，她就不再继续以前的营生了；两个未婚的姑娘——一对姐妹，贝蒂和珍妮特·鲍基，从埃尔来到我们这儿；在埃尔，她们的一些朋友和低地的人有往来，那些人在曼岛进行走私活动。她们主要是贩卖茶叶，马尔科姆太太以前也是经营茶叶，但是她们的生意规模更大，除此以外，她们的窗户上还摆着其他的东西，议会的蛋糕啊，蜡烛啊，针垫啊，各种各样的日用品。她们的东西是不是走私来的，或者她们只是被走私犯骚扰，我是说不清的，晚上有人把一袋袋的食物送到她们家门口，早晨她们把这些食物拿到格拉斯哥市场上出售，这些食物都不是玉米做的，人们都很眼红。然而她们的行为很得体、安静，而又井井有条，年长的贝蒂·鲍基长着男人身材，看上去很粗鲁，然而她是个举止优雅、值得信赖的人，在她去世的时候，她给教区的穷人留下了十英镑，这件事在苦行榜上有记录，教会立这块板就是要证实人们的善行，并树立榜样。

　　走私再次横行后不久，教区来了第一位收税官——罗宾·比克；他是个彬彬有礼的小伙子，以前在爱丁堡居住,曾经是已故的休·蒙哥马利先生的仆人。他是个奇怪的家伙,对人态度很亲切,这一点对他的工作很有帮助;此外他也算不上特别机警,当一项工作没有做好,他不得不注意到这点的时候,他经常会大骂走私犯的愚蠢,因此作为一个收税官,大家都很喜欢他,当老妇人们说白兰地是井水的时候,他也会毫不反驳地大口喝下去。但是有不友好的人举报说,珍妮和贝蒂·鲍基家里有走私的茶叶和白兰地。因此罗宾不得不进她们房间里查看;但在他进去之前,他和路上经过的某人大吵起来,为了让两位勤奋的女士听到他来了。她们丝毫不敢懈怠,赶快关上门,把酒壶和凳子都堵在门里面,这样任何人想进来都要经过一番周折。接着她们把麦麸床清空,装满茶叶,贝蒂躺在上面,用毯子把自己盖起来,就像要生产的女人。她们想罗宾·比克看到一个女人在床上痛苦地扭动着身体,应该不会特别仔细地搜查房间;可是有个东部乡村来的无赖在房子周围游荡,他宁愿晚上在黑暗里走一天才能走完的路,也不愿意在白天拿起铁锹。他来到比克身边,站在门口,和他一起走进来查看。

罗宾不知为什么没有把他赶走,贝蒂和珍妮都明白了,他是来针对她们的;的确,人们一直认为他就是告密的人,并且毫无疑问他并不聪明,因为他低头看着地面。

过了好一会儿,门口的酒壶和板凳才被清理干净,珍妮看起来忧心忡忡,她慌里慌张地说,是因为她可怜的姐姐得了严重的心胆病。"我为她难过,"罗宾说,"我会尽量轻一些。"于是他搜查了整个房间,什么也没有找到,这时他的那位同伴,来自东部乡村的无赖发誓说,他不会搞错的,结果事与愿违,罗宾走到床边向贝蒂表示问候,她的呻吟声更加猛烈了。"让我摸摸你的脉搏,"罗宾说着弯下腰,她伸出盖在衣服下面的胳膊,无赖把手放在床上,大喊:"嗨!这是什么?这里面填的东西很值钱啊!"贝蒂突然跳起来,病完全好了,珍妮倒在地上又哭又骂,东边来的无赖把这张茶叶床扛在背上,把它搬到了小客栈,找了一辆马车,要把床拉到艾维尔的海关大楼去。

贝蒂·鲍基的病一下子就痊愈了,这笔损失令她怀恨在心,她拿起一把匕首,趁无赖踩着脚踏石穿过客栈后面的小溪的时候,她跟上他,扎烂了床,里面的茶叶都随着小溪漂走了,人们认为贝蒂的这个做法非常勇敢,这个故事给我带来了不小的帮助,缓解了我们沉重的心情。

在这件事情之后不久,罗宾·比克被调到别的地区去了,新来的收税官叫蒙哥·阿盖尔,是个高地地区的子弟,那个高傲劲儿堪比市长。他来的那些日子简直暗无天日,他又穷困,又贪婪,把他的权力使用到极致。在走私带来的各种形式的罪恶中,毫无疑问,收税官首当其冲,把这位狂犬病患者安排在我们中间,是对我们的罪行的严厉审判。但是他也受了不少折磨,现在他可以平静地躺在坟墓里了,罪孽再也不会给他找麻烦了。

威廉·马尔科姆是他母亲最小的儿子,现在他已经学完了劳尔莫尔先生的学校能教他的所有东西;正如人们看到的,他态度温和,举止圣洁,他是上帝的选民;他妈妈希望完成他的愿望,无疑是要使上帝投射在他身上的优雅行为获得自然的觉醒;然而她不知道怎样才能送他到格拉斯哥大学去,去继续他梦寐以求的学业,而她的骄傲不允许她向自己的女婿玛卡达姆上尉伸手寻求资助,我得在这提一下,这年年末,我在报纸上看到玛卡达姆上尉晋升为少校了。我觉得她在这一点上很没有道理,因为她坚决不同意我给上尉写信;但当我想到威廉·马尔科姆成为牧师后将会带来的好处,我不再和她商量了,我给艾格山姆勋爵写了信,告诉他威廉是谁,向他描述了他个人的才华,还有他母亲的顾虑;在他从伦敦写给我的回信里,勋爵大人命令他的管家给我二十镑,来帮助我的门徒,他承诺会为威廉出受教育的费用,在我的建议下,勋爵大人做了这样一件大好事,使他在乡间赢得了很多的称赞;老百姓回顾着这些事情,开始好奇我是怎样在关键时刻一次次获得勋爵的帮助,我的这些行为在我的圣公会同胞中产生了很大的影响,他们对我更加真诚了,把我当成有威望的人来看待;但我并没有因此而飘飘然,我并没有生就让全教区崇拜的口才，几乎不会被邀请参加那些有严苛规定的圣礼、斋戒或其他重要日子的活动，因为我没有兴趣去别的教区的讲坛上获得名誉，只想简简单单地走在自己教区的路上。为了避免自己犯下罪孽，也为了教育别人，我认为一个牧师最主要的职责就是保持一颗赤诚之心，以温良、克己为事业，并时刻保持清醒，提防撒旦和罪恶的污染。啊！但人性如此肮脏！艾格山姆勋爵这样善良，却由于我的影响，使得很多申请者托我去麻烦勋爵帮助，我不得不对他们做出很多干瘪的解释，就像是我在向勋爵要钱一样。随后的一年，到了考验我对勋爵的真诚的关键时刻，那时发生了一件事，是无论如何我都无法预料到的。

第二十章　一七七九年

他去爱丁堡参加最高宗教会议——向王室代表布道

今年的最高宗教会议提名我参加了，一直勤劳节俭的巴尔惠德尔夫人已经让我们的钱包鼓起来，可以抵挡一些风霜雨雪了，我们决定风风光光地去爱丁堡参加会议。就这样，我们和达尔林普尔少校夫人一起，租了一辆艾维尔的轻便马车，晚上住在格拉斯哥的布莱兑男孩客栈。第二天早上七点钟，我们坐上了开往苏格兰首府的飞一般的四轮大马车，经过一天的旅途劳顿，在晚上差不多同一时间抵达，投宿在马车停靠点附近的公共客栈，直到第二天天亮；因为我和巴尔惠德尔夫人都非常疲惫，这时候一杯茶也是巨大的放松。

我们一大早吃了早饭，叫了一个杂役把我们和我们的行李带到寡妇默维卡家。她是我的第一任妻子贝蒂·兰肖的亲戚，也是我的表妹，之前我们已经书信通知她我们要来，作为两个陌生人，打算做她的房客。但是默维卡夫

108

人经营一家布料商店,卖花呢格子布和法兰绒,还有约克郡的特级商品,她已经习惯了陌生人的突然来访,尤其是从西部和北部高地来拜访她的人,再加上她本来是个爱说爱笑的女人,很喜欢热情而周到地招待大家。她绝不允许我们做她的房客,而是小心翼翼地接待我们,她说我是有声望的牧师,于是她尽其所能地对我们以礼相待,我们能住在她那儿,她再开心不过了,她会把这座"好城市"里能获得的最好的东西拿来与我们分享。

我们在这里非常舒服,巴尔惠德尔夫人和我还在焦急地等待我资助人的家人们,也就是那些年轻的女士和领主,领主曾是我的学生,现在已经是法律界很有名望的律师了。他们也同样非常热情。简言之,爱丁堡的每个人都那么热情,热情得有些令人生厌,我们完全抽不出时间去参观城堡和荷里路德宫,还有约翰·诺克斯,苏格兰教会的马加伯曾经居住过的那些神圣的地方。

尊贵的王室代表在早上接见我们,在我向代表介绍自己时,我高兴又惊讶地发现艾格山姆勋爵也在接受晨见,勋爵看到我也非常高兴,他使我吸引了很多目光,而我本没有想到能在王室面前受到如此关注;在他诙谐幽默的举荐下,王室代表问我是否能给他做一次布道;这使我大伤脑筋,我吓坏了,因此在间隙时我的脑子已经没办法保持平静、专注和沉着。我本应该避开这突然降临到我身上的荣耀，但是我妻子和默维卡夫人都很兴奋地盼望着这一天。

到了那天，我走上了讲坛，觉得这世界上所有的东西都好像被松了螺丝，连坚定的大地也在我脚下摇摇晃晃。那天我真诚地祈祷上帝的帮助，因为我需要的帮助比任何一个站着的男人都要多，在我布道的整个过程中，教众们如此安静和专注，毫无疑问，是在听我的学说是否自相矛盾，连坐在教堂最角落里的人都能听到我的心跳声。

我选择的是《撒母耳记下》第六章第三十五行："我能否听到更多男人和女人的歌声？那么，你的仆人将会成为国王的负担。"当我读这段话的时候，声音里听不出一丝颤抖，我感到教众中有一种可怕的骚动，因为大家把这句话和教堂当时的境况以及皇室成员的任命都联系了起来。读完经文后，我停顿了一下，同样可怕的审视的寂静，每一双眼睛都死死盯着我，使我一度失去了环顾四周的勇气；然而上帝对我的缺点表示同情，我继续讲下去，渐渐觉得像在自己的讲坛上一样自在。我描述着巴比伦娼妓，她驾着她的金银战车驶来，脚踩着骏马，身后的花朵被狂风卷起，她喝着罪恶之杯里的酒，狂欢的人们呐喊着，在她胜利的沐浴下无限荣光，全速向前跑过来，那些珍珠般杰出的人，那些圣徒和殉道者，都进入了他们肮脏的脚下的泥潭。"在她面前，你看到放荡敲响铙钹，傲慢击鼓,骄傲吹着喇叭。每一项罪恶都有自己的象征,戴着十字架和三重皇冠兜售宽恕的人正在分发来自地狱的赠品。人们大喊着让门再开大一些,给女王的国家打开一条通道,门开得更大了,他们都涌进去。复仇的大门在他们身后关上——他们都被困在地狱里。"

当我讲到这里,我听到瑟瑟的声音,我所描绘的画面好像就浮现在我面前,我仿佛见证了反基督徒——那些崇拜野兽的人的永恒灭亡。但我很快回到现实中来,用轻柔且温和的语气说:"看看坐在那边手中拿着《圣经》的圣洁的可爱女子。她走路的样子是何等的文雅,在经过那些卑微的住所时给穷人施舍——让我们跟随她——她在又老又穷即将死去的罪人的床边坐下,他在最深重的忏悔和绝望中,听她读救世主的承诺。——'今晚你会和我一同进入天堂。'他在狂喜中拥抱她,头重新落到枕头上,安静地闭上眼睛。她就是真正的宗教;当我看到她在罪恶的最后一刻所做的事,我们不仅要大声呼喊,当我们看到那些渐行渐远的迷信带给我们的华丽外表时,我还能否听到更多男人和女人的歌声?不,让我们紧握简单的真理,它已在我们的土地上生根发芽。"

在我演讲时,所有的教众都安静而庄重地听着,没有一个人咳嗽,我的人民也是这样;他们发出窸窸窣窣的声音,变换着姿势,我几乎要被他们打败了;但是我振作起来,继续下去。我指出,有了《圣经》和正统的教士,我们并不需要国王的权威,尽管在一些临时的事件上我们必须要尊重他;我又详尽地表述了这一点,用我所引用的词句大喊道:"那么,你的仆人是否只是国王的负担呢?"说这句话时我恰好把眼睛转向王室代表,他坐在宝座上,我感到他的表情有些迷惑,他应该不会认为我冒犯了他,于是我又加了一句,教会的国王如此伟大,如此明智,如此善良,所有被判刑的罪犯都祈求他的慈悲。"的确如此,"我说,"在动荡的日子里,由于我们的不公正使他受到了伤害,他用死亡来保全我们;在他死去的时候,他的伟大就已经广为人知。有人悲痛,有人好奇,有人愤怒,有人懊悔;但没有人感到羞耻——没有人在那一天脸红,只有明亮的太阳。"教众们抬起头,四处看看,就好像我所指的太阳正在窗户上发光一样。他们的行为使我万分窘迫,我的思想都已经表达完了,没有什么可说的了。

我从讲坛上下来的时候,我的熟人和牧师们向我走来,用极夸张的语言赞美我;但我听起来都是嘲笑的语气,因此我赶紧溜回了默维卡夫人家。

默维卡夫人很聪明,而且消息灵通,她说我的布道得到了很高的评价,我使大家都大吃一惊;但我恐怕事实在这些话的最底层,大家其实是在打趣,因为她是个很浮夸的女人,喜欢用幽默的语言嘲笑和戏弄别人。然而,王室代表对我的讲演表示了感谢，夸赞我身上有使徒们世代相传的真挚；以前艾格山姆勋爵私下告诉过我，他是个讲礼节的男人，因此我不能相信他说的话——在我说到国王的仆人的时候，我已经越界，超出当前适度的范围了。在别人心中这是如此大的荣耀，但在我来看，它既没有给我带来快乐，也没有给我带来利益。我想念我的小小牧场和我的羊群。

就是在这次爱丁堡之行时，巴尔惠德尔夫人买了她的银茶壶，还有些其他的装饰物品；但她向我保证，这还并没有结束，她那种自负的勇气，真是让我难以容忍，但因为大家都认为茶叶在银壶里会泡得更好，用瓷杯子喝口感更胜一筹，其他的茶杯和茶壶泡茶味道都逊色得多。

等我回到住所的时候，我已经走了三个星期零五天了，比我从上任到现在出门的时间加起来还要长，我的人民看到我们驾着格拉斯哥的轻便马车穿过村庄回来，都高兴得容光焕发。

这一年的其他时间里，不过是一些小事情在默默地重复着，没有什么值得一提，尽管，当然，他们分别在某处也算得上重要，因为他们都是需要用时间和空间去处理的，没有什么事情是在没有帮助的情况下就实现最终结局的；世界上发生的每一件小事，都是上天亲手种下的一颗种子，注定要成长，作为轮回再去照顾一些更大的目标,直到最终事件大到影响整个世界。这世界上没有什么事不会前进,不会成为推动善事的原因;即便是恶人的罪孽也一样,尽管他们的推动穿过即将倒塌的房屋的窗扉而来,人类的灵魂无法领悟这其中的式样。

第二十一章　一七八〇年

乔治·戈登爵士——照明事件

这一年,在我们这也没有发生什么大事。据说伦敦的政府又准许天主教卖淫的行为了;但我们在篱笆里面的草地上,在平静的山地里,过我们自己的日子。有些人听说,狂热的抗议者乔治·戈登勋爵被关进伦敦塔里,他们惊慌失措;但是在我看来,我一点也不恐慌,我看到身边的事物都在向前发展,我对自己说,当上帝要将伤害和痛苦降临到一个国家时,不应该是这样的场景。每当人民遭受贫穷的打击,总预示着社会问题的产生、皇位被推翻。因此, 我要记录下我认为值得记录的小事情——其中最主要的是, 一些邻居的男孩子们学着我岳父吉伯克先生的样子, 秋天开始在山顶上种植大量的枞树;收税官蒙哥·阿盖尔不断地打击着贫穷的走私者们,他们过得举步维艰,他设置了奖金,但却没有发挥出财富通常所带来的效果;奖金没有给他带来荣誉, 他在教区就像个麻风病

115

人，像被教会驱逐的罪人，人们都躲着他。

但我还记得在珍妮·格凡和她女儿家发生的一件最好笑的事。她们在教区消失了几天，人们开始不安，不知道这两个傻东西干什么去了；直到一天晚上，已经夜深人静了，她们的房子的小窗户里闪烁着奇怪的光；最先看到的是玛卡达姆女士，她从不在该睡觉的时候睡觉，而是和女校长萨布丽娜小姐一起坐着读新的法国小说和剧本。她警觉起来，从没看到过那栋房子里发出的烛光，而这次的光这么亮这么持久，她想不可能是别的，一定是着火了。她派萨布丽娜小姐和仆人们去看到底是怎么回事，他们看到傻珍妮和她的傻女儿的窗户上放着二十支蜡烛头，(天知道她们从哪弄来的那么多蜡烛！)两个傻子在门口跳着舞，拉着手，互相赞美着。"珍妮，你们这是在干什么？"萨布丽娜小姐说。——"你们走开，你们走开——你们这些邪恶的人——你们这些巴比伦大荡妇——这难道不是为了上帝的荣光，不是为了信仰？只要光明可以扑灭黑暗，我就能当教皇，是不是？"——说完，母女二人又开始像刚才那样又蹦又跳。

可能可怜的珍妮听说天主教法案的结束在整个国家都点燃了火光，于是她和梅格一起去了格拉斯哥，在那儿收集了或是乞讨得来了一堆蜡烛，在夜幕的掩护下回到家里，像我描述的那样，在窗口点燃了它们，惊动了整个村子。可怜的萨布丽娜小姐，珍妮用粗鲁的语言问候了她，她气鼓鼓地回到女士那里，不得不把两个傻瓜的言行告到教会。但是我才不会听她说的，因为萨布丽娜小姐害我的事情，我还没有释怀。同时，我很伤心地看到两个无可救药的傻子谈论着一场神圣的胜利，她们的证词充满欢乐，但是她们选的时间不对，给她们带来了这样的坏名声，她们甚至没有真正明白她们的胜利到底是因为什么。

第二十二章　一七八一年

收税官阿盖尔变得像个上流人士——艾格山姆勋爵的情妇——他的死——教区的孩子们染上了麻疹

我可以非常高兴地说，我和我的人民在过去的两年里没经历任何明显的悲哀,这段时间确实不短,但是在我即将提到的一年里,我们又有了新的考验和挫折。逐渐富裕起来的收税官蒙哥·阿盖尔变得高傲而暴躁,用他的铁棒统治着这片乡村。没有什么可以取悦他,除非给他一匹骏马骑,以及那些让生活变得舒适和奢华的物品,就好像他也出身于名门望族。他买了一支大枪,叫打鸟枪;还养了两条猎犬,在我来到这里上任的四年前,艾格山姆勋爵在高沼地栽种树木的时候,人们见过这种狗,后来在教区再也没有过这样的狗了。大家都说这个男人太自我膨胀了,的确如此,安息日时我在教会看到他,他衣着华丽,举止放浪,我注意到他容光焕发的脸和警觉的神情,觉得他好像并不精明。的确,很明显,这个男人已经急匆匆地丢了自己,但没有人能想到他竟会要了别人的性命。

夏天快结束时,艾格山姆勋爵带着他的情妇,一位英格兰女士回到城堡。他从伦敦回来几天后,从我的住所前经过,停下来询问我的健康状况,我走到门口去和他说话。我觉得他和我说话时的表情不像平时那么高兴,在他临走时,他红着脸说:"我恐怕是不敢请你来城堡。"我听说了他的情妇的事,于是我说:"勋爵大人,您这样说,是一种风度的体现,因为去印证流言蜚语不是我所能做出的事;大人,我很吃惊,您为何不带上自己的妻子呢?"他看上去很善意,但很迷惑,他说不知道去哪儿找个妻子;我看出他的羞愧,并不想打破他的谎言,我回答:"不不,大人,没有人会相信这一点,从来没有傻乔克,但总有傻珍妮。"听到这里他会心地笑着走了。但我不知道他笑的意思,对于他我感到很困扰,我想既然他已经走了,我该是再也不能见到他了;结果被我说中了,第二天,他正和他带来的女士斯庞格小姐一起乘马车在户外散心,恰巧遇到了背着枪牵着狗的蒙哥·阿盖尔,勋爵格外看不惯阿盖尔的游戏,就像阿盖尔不能忍受一箱箱的茶叶和一桶桶的白兰地,于是勋爵跳下马车,跑过去拿他的枪。他们交谈了几句,收税官开枪击中了勋爵。我永远也忘不了这一天;有的驾车,有的跑步,整个村庄都奔跑起来;当天晚上,勋爵咽下了最后一口气,疯狂野蛮的恶棍被抓了起来,送往爱丁堡。我们用这样悲痛的方式摆脱了那个压迫者,我们的勋爵是个多么好的地主,多么善良的人啊!虽然有些粗心,但只要有人向他指明,他总是随时准备好用自己的权力来为大家提供帮助。整个教区都为他哀悼,但没有人比我更加心痛。他葬礼上的景象是绝无仅有的:乡下的全体居民都来了,他们如此肃穆,好像被召集到约沙王的山谷;葬礼经过的篱笆旁满是婴幼儿,就像一串串的山楂和蔷薇果,教会院子里的灵魂好像也都站了起来。我想从来没有这么多民众聚在一起过。有人说除了女人和孩子,光是成年男子就不少于三千人。

这场公众的灾难还没有完全过去,又发生了一件同样重大的事,一个星期六的下午,女校长萨布丽娜小姐正和玛卡达姆女士用餐,女士突然中风,只在几分钟的时间里,她的脸就扭曲了,萨布丽娜小姐飞一般跑到我的住所求助,并寻求巴尔惠德尔夫人的建议。一位医生也全速赶来,但女士的病况已经不是药物能够挽回的了。在这之后她又活了一段时间,但是,哎,她的样子,真是令人心痛。她只能咕咕哝哝地说话,像婴儿一样无助。虽然她从没有喜欢过我,我也不能否认她的很多举止都不合我的心意,但她是个慷慨的女人,当她死的时候,人们对她的思念要比预想的多。

我给她在爱丁堡的朋友写信,描述了她的情况,她的朋友们派来了一位绅士安排她的葬礼;葬礼后不久,她的儿子少校玛卡达姆和他的妻子凯特,还有两个漂亮的小孩子,他们在她的房子里住了些日子。看到他们我们都感到很幸福,不论是他们喝茶的样子,还是用餐的场景,现在他们唯一的母亲,尊贵而虔诚的马尔科姆太太,也经常陪伴在他们身边。

不得不提,年末马尔科姆太太家的运气又突飞猛进了一次,他的二儿子罗伯特·马尔科姆获得了晋升,他现在已经成为一名专业又细心的海员,被任命为一艘大船的船长,这艘船的主人是格拉斯哥市长梅特兰德,他曾善待罗伯特处于不幸中的母亲。但是,由艾格山姆勋爵资助的那个沉着的小伙子威廉,在格拉斯哥大学学习的她的小儿子,却遇到了一些阻碍;但是当我向玛卡达姆少校说起这个年轻人失去资助人的事,他愉快且慷慨地说,这件事情不能半途而废;因此他决定,只要他的资金允许,他就会补上这笔钱,为了死去的勋爵大人,但却没有什么能弥补勋爵大人的才智和影响力了;但我毫不怀疑地认为,随着伯爵大人的成熟,他可以代表勋爵大人行使教会的事务。就这样,尽管威廉按计划成长为一名有头脑、懂得自省的传教士,他却满怀感激,和很多无依无靠的圣徒一样,他教化沙子,为埃塞俄比亚人做洗礼;他给我写信时说道:"世间没有什么考验比控制性情还难。"然而,最终,他获得了回报,现在他不但是有名望的牧师,还是神学博士。

　　玛卡达姆女士去世后,教区里又经历了一桩不幸,它发生在这个时间,使我们无法不重视它:奥尔德·托马斯·霍金斯生病,过了一周便离世了,十一月末,麻疹在教区里爆发,那种突如其来的痛苦,我们在那个年代还是第一次经历;托马斯·霍金斯的助手,小伙子詹姆斯·贝恩斯,趁他的上级生病,公然反抗教会,我们不得不给他增加薪水,并承诺如果托马斯不能痊愈的话,把职位留给他,当时我们都觉得托马斯是不会好起来了。托马斯去世的那天,村子里已经死了三个孩子,他们的葬礼上弥漫着恐惧和惊慌的情绪, 这时人们得知了詹姆斯·贝恩斯造反的事,但我和教会都没有声张,对公众来说,最大的伤害莫过于个人的痛苦。——就这样一年结束了,总之,是记忆中沉重的一年。

第二十三章　一七八二年

打败法国舰队的消息——他没有通知马尔科姆太太她儿子查尔斯在战争中牺牲的消息

尽管我没有特地去留意，但在集市上时常能听到关于我们教区出去参军的小伙子的消息，马尔科姆船长上任时，我们村庄里至少四个年轻人都跟着他出海去了；于是关于这场由种植园挑起的令人苦恼的战争，我们越来越关心它的进展情况。在一封信里，我们得到消息：教区至少三个勇敢的小伙子都在一场战役中被杀害了，很多人都悲痛地哭起来。

不久后，我收到一封查尔斯·马尔科姆寄来的非常漂亮的信；他听说了艾格山姆勋爵被谋杀的事，感到十分悲痛，因为勋爵是个善良的人，还因为他曾是他本人和他的整个家庭的好朋友。"但是，"查尔斯说，"要感谢他对我的资助，最好的方式就是证明我是国王和人民的好军官。"我觉得他非常勇敢，我很欣慰。不知什么原因，自从查尔斯从牙买加回来,用兜里装的酸橙给我酿了一碗酒开始,他就在我心里筑起了一个温暖的小巢。可是啊!战争肆意地挥霍着人的生命。又过了不到一个月,胜利的消息传来,我们打败了法国舰队,在同一个信封里,我还收到了霍华德先生的一封来信,他就是曾和查尔斯一起回来看望我们的见习军官,他说可怜的查尔斯在行动中负了伤,伤势致命而去世了。"他是战争中的英雄,"霍华德先生说,"他以一个善良者和勇敢者的姿态死去。"——这些消息使我承受着前所未有的痛苦,过了很久我才重新鼓起勇气把这个消息告诉马尔科姆太太。但是学校里的少年们听说了胜利的消息,他们四处欢呼呐喊着,把尖塔上的钟敲得叮咚作响,于是马尔科姆太太也听到了消息;得知查尔斯的船也在舰队中,她焦灼地来到我的住所,想看看有没有具体些的消息,有人告诉她邮差交给了我一封外地来的信件。

当看到她时,我说不出话,我悲伤地注视着她,眼泪涌出来,她猜到了。她深深地叹了口气,问道:"他表现得怎么样?我希望不错,因为他是个勇敢的小伙子!"——她痛苦地抽泣起来。等她平静下来,我把信读给她听,读完以后,她请求我把信交给她保管,她说:"这就是我的漂亮的孩子留给我的所有了,对我来说,它比印度的财富还要宝贵。"她让我代她感谢上帝,感谢上帝赐予她那么舒适的生活和各种慈悲，从她成为一无所有的寡妇，带着五个没有父亲的孩子的那天起，她就把心中唯一的信任交给了上帝。

看到这个虔诚的女人对上帝的顺从，我感受到一种精神的启迪。巴尔惠德尔夫人糊涂了，她说，看到她的深深的痛苦和刚毅，我们的难过无法用语言形容。

我和她喝了一杯酒，送她回自己家，但是在路上我们遇到了严峻的考验。孩子们都在游行，用树枝扎上纸巾或者甘蓝叶子，在胜利的喜讯中兴高采烈地庆祝着。但当他们看到我和马尔科姆太太慢慢走过来，他们猜出发生了什么，扔掉胜利的旗帜；他们默默地沿着教会院子的围墙站成一排，表情悲伤地看着我们经过，他们表现出的发自内心的同情刺穿了我的灵魂。可怜的母亲再一次陷入痛苦中，一些小孩大声哭起来。他们手拉着手，跟着我们一起走到她家门前，就像葬礼上的追悼者。镇子上从没有过这样的景象。邻居们都出来看着，我们走过去时，男人们将脸转向一边不让我们看到，母亲们更加温柔地把孩子抱在胸前，天真的脸颊上流满泪水。

我准备了一些合适的布道词，引用《圣经》中的话："咆哮吧！他施的船只！你的力量已经被摧毁！"当我看到我身边这令人感动的景象，有这么多我的人民，都在为勇敢的查尔斯·马尔科姆哀痛，就连可怜的珍妮·格凡还有她的女儿都披上了旧的黑色丝带；当我想起这个充满活力的小伙子，从牙买加回来，肩膀上站着一只鹦鹉，还有带给我的酸橙，我的心痛起来，我没办法，只能在讲坛上坐下来，流下一滴眼泪。

我停顿了一下，上帝屈就帮我平静下来。我站起身，唱起胜利的赞美诗，诗篇一百二十四号。我的歌声使全体教众都唱起来，直到我意识到我没办法像原本预想的那样去讲话，因此我只说了几个祈祷词，又唱了一首赞美诗，就让大家解散了。

第二十四章　一七八三年

珍妮·格凡去世和她的葬礼

这是我任职期间的另一个安息年。除了教区财富还在默默地增长之外，我没有什么可记录的。我现在的银行资产已经超过一千镑，周围每件事都很如意。我的两个小孩，一个叫吉尔伯特，已经成长为一个健壮小伙，现在在格拉斯哥做商人。另一个珍妮特，嫁给了斯万平顿的牧师肯特伍德博士，他是个很好的小伙子，他们的结合是父母希望看到的。

和平的消息传来后不久，一件发生在我们中间的事给人们带来了很多快乐，并且在那时引起了热烈讨论。虽然很可怕，但还没那么严重，或多或少有些令人敬畏。可怜的珍妮·格凡得了重感冒，不久就去世了。梅格挨家挨户地讨要寿衣，她把尸体摆得笔直，看上去非常体面，还在上面放了一个盛着土和盐的盘子——劝诫人们思考死亡和永生，但是这种做法已经不流行了。当我听说了这件事,我只想看看一个在人们心目中几乎没有理解力的人,是怎么一个人做了那么多事。一进门,我看见梅格与两三个邻居坐在一起,一旁的床上放着尸体。"走吧,先生,"梅格说,"这所房子已经变了;他们已经走了,不能再保留它了;但是,先生,我们必须经历这些——我们必须偿还自然的债务——死亡是可怕的债权人,清算的时候到了,医生即便想保释她也没办法。可惜了,妈妈,你现在死了,主教来看你了。但是,哦,先生,在她的房子见到你,她一定会特别骄傲,因为她有了一个体面的转变,不会让她唯一的女儿——我,弄乱姑娘们的村庄。啊,她费尽心思地把我带大,教育我成为一名淑女;不让那些粗活弄脏我像百合花般洁白的手。但是我现在必须工作,我必须忍受人们的惩罚。"

停留了一段时间,听着梅格奇怪的话,我起身离开了,但她把她的手放在我的胳膊上,说:"不,先生,在你走之前你必须品尝一下!我母亲生前就很富足,她今后的日子也不会很穷困。"

因此,梅格,像每一个遇到这种情况的人一样,按照常规的礼仪,拿了一瓶水和一个小玻璃杯,她自己倒上并品尝了一些,然后递给我,同时从石板上给我拿了一点面包。这真是令人毛骨悚然,这个傻孩子到底是怎么学会的这套礼仪?她当时的表现是语言所难以描绘的,用她陌生的嘲弄，用她那种比悲伤更痛苦的欢乐，使死亡变得庄严;但有些人的精神被赋予了观察的能力,虽然他们从来没有见过这些事物,但借助一点幻想的力量,他们有能力创造出事情的接近真实的表象，而可怜的梅格似乎有这个天赋。

当天晚上教会提供了一个棺材,尸体被放进去,搬到马奇金先生的酿酒厂,那里的姑娘和小伙子都很晚才醒来。

除了这件事,时间平静地流淌着,我们浮在时间的长河中向前,漂向壮阔的永恒海洋,就像河里的鸭子和鹅一样,向下游漂过去,从来没担心过水流的快慢。唉! 我们不像它们有一对翅膀,可以飞回我们出发的地方。

第二十五章　一七八四年

充满阳光和欢乐的一年

我一直认为，这是充满希望的一年，因为在这一年，许多参军的小伙子回家了；曾经的海军候补军官霍华德先生，现在是一位战舰船长，他从英格兰赶来迎娶埃菲·马尔科姆，结婚之后把她带到伦敦，在那里她写信给她的妈妈，说她发现他的家人对她很好，好到用笔没办法写出来。与此同时，玛卡达姆少校被提升为上校，和他的夫人住在爱丁堡，在那儿上流社会的人们都很尊敬他们，玛卡达姆夫人被认为是他们当中的一个了不起的陌生人，熟悉一切用细节妆点女人的办法，老玛卡达姆夫人已经把各种完美的装饰技法传授给她，老夫人在法国的宫廷接受过教育，从她出生起就过着有品质的生活。这年，马尔科姆船长，她的哥哥，和一个格拉斯哥的商人的女儿结婚了，所以马尔科姆夫人，在她的垂暮之年，看到了光明的前景；但是没有什么能改变她对基督的坚定信念；尽管玛卡达姆夫妇和霍华德夫妇都热情地邀请她，去看看他们的幸福生活,但她都谢绝了,她说——"不! 我已经很长时间远离世事,或者更确切地说,我从来没有卷入其中;我的方式和他们不同;尽管我知道他们心里很愿意对我好,但我可能会不喜欢他们的仆人，或者他们的朋友可能认为我不能给他们带来快乐,认为我是个另类的人,屈辱的事也许会发生,所以我会继续待在自己的家里,相信他们空闲时会来看我的。"

这样的决心体现的是一种充满智慧的精神,因为这需要忍耐,而那些脆弱的心灵无法做到这样的坚决;虽然有一副最纤细敏感的躯体,她的精神却可媲美坚毅的以色列女英雄朱迪斯,现在她所有的好运都在向她微笑,她却没有飘飘然,而是一直保持着那苍白而顺从的神情,在她痛苦和贫困的日子里,她的坚韧给她的努力带来一种神圣感。

但当我们所享受得最多时,我们能说的却最少。我回首这一年,就好像站在山谷中的一缕阳光下,但阳光只在云层的阴影间出现;我没有什么能记录的,除了那些夹杂在大水和战争中间的欢迎会和婚礼，以及孩子们和父母们的重逢。内心深处的满足仿佛使自然呈现出更加活泼的面庞,每个人都说,今年的树篱比往年更绿,斜坡上的菊花比往年更美，树木上比往年更繁茂的枝干、叶子和花朵。万物生机勃勃,充满欢乐和感恩,证明了造物主的伟大。

第二十六章 一七八五年

卡杨先生来到教区——一个充满激情的人——他在教会的鲁莽行为

引用我的老朋友和邻居，鲁品顿教区虔诚的教士济齐先生的话来说，生活就是一辆带轮子的马车，可以给马车起名字叫"旋转"。那天我正在为我的任职纪念日准备布道词，我回首来到教区，在上帝的护佑下行使主教职责的这二十五年所经历的点滴，我理解了这种说法的含义。我感到非常震惊，我初到这里时的那些孩子，现在已经长大成人、为人父母，新的一代人正在像花骨朵一样在我身边迅猛地成长。但我还是要记录一下这年发生的事情。

这一年玛卡达姆女士留下的遗产房已经很久没有人居住了，卡杨先生和他的家人租住了这幢房子，在我们教区里安顿下来。卡杨先生是美国的亲英派，他的妻子是个很聪明的女人，他们有两个女儿，弗吉尼亚小姐和卡罗莱娜小姐；但他自己却是个暴躁的人，他这样的火爆脾气在我们教区还是第一个。他妻子为此烦恼不已,但这个愤怒的男人知识很广博,除了没有研究过自己难以控制的脾气,也可以说是位诚实可信的绅士。我们很快就会对他的幽默感有所体会,我会在后面详细地描述。

他来到教区后不久,我和巴尔惠德尔夫人到他家去拜访,以表示我们的尊敬,卡杨先生非常真诚地挽留我们在他家用餐。我看出他的妻子并不太愿意,后来我才领会到,她还没有足够的准备来招待陌生人;然而我们很不幸地留下来,卡杨先生的兴奋之情溢于言表。我想他是我见过的最无忧无虑的人,丝毫没有意识到他会是个火药桶,后面的故事将会对这一点加以证实。

要准备的东西很多,所以开饭的时间比平时要晚一些,于是他开始慌乱起来,时不时地站起来围着屋子转上一圈,双手背在身后,吹着短促而忧郁的口哨。等了很久饭菜终于上桌了,但比他期待中的寒酸一些,这使他的幽默感消失殆尽。他开始训斥黑皮肤的仆人,我几乎不敢帮他们说话,但仆人们已经习惯了他这个样子,自顾自地干着活,随他怎么骂;由于一些疏忽,芥末酱没有拿来,卡杨先生大怒,他大喊一声,一个仆人姑娘端着锅走过来,浑身战抖。恰巧这锅已经一两天没有用过,盖子粘在锅体上,卡杨先生怎么也拿不下来,于是他发疯了,企图把锅砸在黑人女仆珊博的头上,可是它撞在墙上弹了回来,盖子飞了出去,芥末全都糊在了他自己脸上,那景象真是难以言表。然而这使他安静了下来;但说真的,我以前从没见过这样的人,我不禁觉得这场意外是个幸运的惩罚,我浑身颤抖地想如果这个男人继续这样放纵自己的脾气,他很可能会做出恶劣得多的事情来。

卡杨先生最糟糕的行为,就是爱多管闲事,他这点真是令人厌烦,可他乐此不疲,这样他成了我们心中当之无愧的眼中钉。他做了很多奇奇怪怪的事,其中一件是他掺和教会的议程,他和这些事一点关系也没有,但却表现得像是月亮派来的使节一样什么都要管;可他手头并没有具体工作,所以每次教士会议他都不请自来,并且越来越管不住自己,开始在我们商议时指手画脚;并且他常常招来麻烦,导致我们之间的争吵。

夏天临近了,我们理应提前安排好宗教仪式;在我一向极为尊重的长老们的提议下,我邀请了鲁品顿教区的济齐先生,他是一位很有能力的传教者,可以对《旧约》中最令人费解的句子做出精彩的阐释,精通希伯来语和语源学,因此那些爱好研究经文的长老们非常尊敬他。我也给安诺克的斯普洛斯先生写了信,他是另一种牧师,能够赋予词汇激情和力量,那些堕落的言辞和糟糠一样的胡言乱语在他面前都会落荒而逃。但他并不很受爱戴,因为他要以正确的方式——他所需要的方式,来推行他的信条。但他从来没有来过我们教区,因此人们认为能倾听他的布道,是一种神圣的款待。除了斯普洛斯先生以外,我还邀请了高威的维科先生,他是一位外表沉默,内心崇高的牧师,总之,邻近教区的主教们都被邀请了。

卡杨先生没有预料到这三位主教中任何一位的到来,他也只听说过三位的名字一次而已;刚好他来到教会,询问我们事情定下来没有。我觉得这个问题不太合适,但还是礼貌地回答了他,我说鲁品顿教区的济齐先生将会在斋戒日的上午布道,安诺克的斯普洛斯先生在下午,高威的维科先生安排在星期六。不论是我,还是长老们,或是在场的任何一个有呼吸的人,都不会忘了他的回答。卡杨先生用力拍着桌子,声音响得像打雷,他大叫道:"鲁品顿教区的济齐先生,安诺克的斯普洛斯先生,高威的维科先生,还有和他们一样的垃圾,都应该滚——应该——!"他奔出房间,像弹在大石头上的手球一样。

我和长老们都目瞪口呆,好一阵子我们都不知说些什么,只是你看看我我看看你,以为我们的耳朵出了问题。很长时间我才回过神来,在上帝的支持下,我坐到我的位置上,声明这是一种胆大包天令人无法忍受的大不敬,所有的长老都同意我的说法;于是我们达成了统一的决议,决定除非我们召唤他,今后禁止卡杨先生进入会议室,这份决议是由我口述的,写好后,我们让办事员立即给他送了过去,就这样我们维护了教会的权力。

　　卡杨先生到家前就已经冷静了下来,我们的文书送过去的时候,他态度很温和地接受了,之后他立即来到我的住所,对他的暴躁表示了懊悔和歉意,我在适当的时间以适当的形式把这件事汇报给了教会,这件事就这样结束了。但这就是一个显而易见的例子,证明了古老的谚语中蕴含的真理,当一扇门关上,另一扇门就会打开;玛卡达姆女士,那位轻率的老女人去世了,我们还没来得及享受几天安宁,就来了这位和她不相上下的暴躁的卡杨先生。

第二十七章　一七八六年

我的住所需要修缮——由于吉伯克先生睿智的安排，继承人们不得不给我造一座全新的房子——他们对我心生怨恨，促使我要求增加津贴，我成功了

从我来到这里的第一天，我就下定决心，为了赢得人民的爱戴，为了促进继承者们之间的团结，我要尽量缩减我的花费，节省教区的资金；但这时我的住所已经处于破旧不堪的状况——门的合页处被虫子蛀了，整个冬天窗框都在吱吱作响，就好像有人吃了凉东西牙疼似的，我们在房子里也不得安宁；在巴尔惠德尔夫人的鼓动下，我不得不把我住所的情况汇报给教会。我在银行里有那么多钱，我宁愿自己花钱修房子，也不愿意这样做，但是她说如果那样的话，对我们的家庭来说是极大的不公。她的父亲吉伯克先生很有远见，比一般人都懂得更多，他和我说，我的生活虽然可以由我来做主，但如果让继承者们习惯了主教自己花钱修缮房屋这件事，不管是谁被任命来

继任我的职位,这样的做法对他来说都是错误的,因为有可能他不如我有钱,承担不起这项花费。于是在他们的劝说下,考虑到要以公正的方式解决这件事,我向教会打了报告,描述了我的门窗的情况,还有地板腐烂的程度,通常地板都是需要用圆石子来铺砌的。最重要的,我告诉他们房顶衬板的状况,上面已经有新鲜的牛肝菌了;每次刮风的时候,都会掉下来一些钉子,石板也会被掀翻。

于是继承者们聚集在一起,经过一番思考后,他们同意把房子修缮一下,建议重新粉白和刷漆;我觉得这个方案还可以,因为我看到他们是多么惧怕彻底修缮所产生的费用;但当我回家和巴尔惠德尔夫人复述会议上他们所说的话,以及表达我对继承者们同意修缮房子的感激之情时,她气愤极了,她告诉我世界上所有的刷白和刷漆都没有半点用处,因为这幢房子就像腐烂了的坟墓一样;她叫来了她的父亲吉伯克先生,和他商谈解决这件事情的合适方法。

吉伯克先生来了,听说了事情的经过,思考了一会儿,说:"这样很好!主教(指的是我)需要让商人们来看看房子,写下他们认为这房子需要什么。需要用石膏来修补,所以在刷浆之前,他要找个石膏匠来。还需要找个石板瓦工,他得让石板瓦工来估算一下,还有别的工匠等等。等所有的都做完了,他就可以把这些拿到教会和继承者们面前,他们毫无疑问会让修缮进行下去的。"

吉伯克先生的主意非常狡猾,但我当时没有明白他的用意,只是按照他建议的去做了,拿着很多张估价单去教会给继承者们看。长老们称赞我在开工前先拿给他们看这件事处理得很谨慎;其中一个人问我整个工程一共需要多少钱,但我没有把它们加起来。有些继承者认为一百英镑应该足够所有的花费了,但令人惊愕的是,当把所有的估价单都加在一起时,我们发现需要足足将近一千镑。"最好立即修筑一座新房子,而不是修旧的!"所有的长老都大叫起来,这时我才领悟了吉伯克先生真正的用意。于是,继承者们又召集在一起开会,经过了很多争论,大家同意建新房子;不久之后,我们和泥瓦匠托马斯·超尔签订了合约,用六百英镑建一所新房子,所有必需的附属品都包括在内,这样由于吉伯克先生的远见,显而易见,教会节省了一大笔钱,将近四百英镑。但是关于吉伯克先生所理解的修缮,继承者们本来没有打算允许它发生。然而他是那么高瞻远瞩,像他这样天生聪颖的人在我们乡村里几乎看不到,没有谁能跟上他的思路,不管是在讨价还价的时候,还是在改进提高的时候,他总是能很明智地察觉到优势在哪儿。他的确是我们郡的至宝,他是农民的榜样,还能在邻里发生冲突时给出既合理又谨慎的建议,正向大家说的,他"比法律还要明智,比爱丁堡的十五位勋爵加起来还要聪慧"。

新牧师住所的修建给继承者们增加了沉重的地方税,这使得他们时刻准备着在我和长老们身上挑毛病;由于我在过去这些年的忍耐和善解人意,他们都养成了这样高傲的气派;我这么多年都在为他们忍受巨大的不便,他们却这样回报我。我的良心和原则使我连一根狗毛都不允许伤害;但当我看清他们对他们的主教如此苛刻,我告诉自己,为了保持应有的秩序,巩固正当的宗教事业,我要坚决抵制他们表现出的恶劣而苛刻的态度。我深思熟虑了很久才把这种想法透露给其他人,但我向自己保证要保持在这件事上的公正,有一天我驾车去了吉伯克先生家,向他吐露了我的想法,要求从什一税中拿出更多的钱作为我的津贴,并不是因为我需要这笔钱,而是怕万一在我之后上帝的饥饿穷困的信徒被派到这个教区来任职;无论如何都不应让他像我这样向继承者们摇尾乞怜。吉伯克先生高度赞扬了我的想法,在他的帮助下,经过了一番周折,我的待遇提高了,土地和收入都有所增长;为了牢记我这样做的初衷,我承担起照顾教区那些因为美国战争而无人供养的女人和孤儿的职责。但即便是这样,继承者们仍然说我是贪得无厌的犹太人,巴尔惠德尔夫人经过勤苦劳动和周密安排才好不容易得来的果实,也成了他们责备我的理由。他们几乎全都拒绝到教会来,而是躲得远远的,他们认为这是在惩罚我,但不过是对自己灵魂的伤害;于是,在整个一年里,当教区的秩序变得更好时,宗教意识却有所下降,在后面还会看到,他们树立的罪恶榜样影响了下一代的很多人。

在这一年,卡杨先生买下了维克格斯的农场,但直到第二年春天才开始盖自己的房子;因为什么样的计划都难以令他满意,他经常和建筑商们争吵,有一次和超尔先生动了那么大的火气,在他脸上打了一拳,他当然要为此付出代价。人们都以为这件事会被提交到勋爵大人那儿;但是在吉伯克先生的调解和我的帮助下,他们达成了一致,卡杨先生赔偿泥瓦匠一笔钱,双方就不再追究了;在这之后,他还是雇佣这位泥瓦匠来修建房子,人们都觉得匪夷所思,他们之间还结怨呢。

第二十八章 一七八七年

玛卡达姆女士的房子变成了旅店——教区流行起做果冻——购买食物时梅格·格凡在场——她的行为

正如我一直以来所观察到的，教区里发生着明显的改善。从修好路的时候开始，村里每一所新房子都建在了公路旁边。玛卡达姆夫人从她死去丈夫那儿继承的房子成了城镇的中心，她的房子建在一片美丽的花圃中间，周围有石头围墙和大铁门，房子两边各有一根柱子，柱子顶上是两个凤梨样式的装饰。卡杨先生住进来以后，房子保持得很不错，但当他们移居到维克格斯的新房去以后，花园马上变得杂草丛生，已经呈现出一派荒凉的景象。罗伯特·陶笛当时经营着小客栈，自从女士离世，他一直租着车棚养马，在这个时候他想到了把这所房子改成旅馆；所以他把自己的房子交给纺织工人托马斯·泰德斯照看，他的儿子威廉现在是格拉斯哥的大制造商，有几家纺织厂和蒸汽机；他拿下了"那里"，人们就这样叫它，他用涂料

142

漆了一块招牌,写上"十字钥匙"几个金色大字,挂了起来。有了这块招牌,旅店变得非常显眼,远远地都可以看到;陶笛太太礼貌待客,被所有的陌生人称赞。尽管从小客栈到旅店的转变是一种巨大的建设,但对于教区来说,却没有带来什么德行方面的提高,这些农民的孩子们开始在那儿开舞会,或举办其他放浪形骸的活动,让罪恶的行为做派深入人心。各种事情都被允许了,喝酒,不按时礼拜,马奇金先生的事例还有他虔诚的家人,已经不再被来往的人们推崇和模仿。

除了"那里"变成了旅馆,这一年就没有什么别的值得记录了。我们大约在三月中旬住进新住所,但房子刚刚上好浆,很潮湿,这让我在秋天患上了严重的风湿病。

在我的记录中,我不能忘了记录一下在民众中掀起的一种新的奢侈享受。随着新路的修建,各种马车来来往往,教区里的年轻男人们作为海员去过了克莱德、牙买加和西印度地区,带回来许多糖和咖啡豆,在自家的甘蓝和圆白菜之间种上了牛筋草和草莓;这两样东西放在一起,使做果酱和果冻成为一种时尚,甜食进入了我们的村子,而以前只在上流社会的厨房或是甜品店里的人才了解这些东西;这种时尚也并非没有合理的借口,人们发现果冻是一种良药,对嗓子痛很有疗效,果酱和伦敦糖果一样,可以治疗咳嗽、感冒以及气短。然而我必须说这件事并不像走私贸易那样困扰我，只是对巴尔惠德尔夫人有些影响；草莓成熟的季节，总有人来我家借铜平底锅做果酱和果冻用，直到"十字钥匙"的陶笛夫人也买了一个，人们都跑去她那儿借，省了我们的麻烦。

直到这年的圣马丁节，我才拿到涨津贴后的第一笔钱。不想再揭开旧伤疤，我不会再谈论这件事了，最差的事情都已经在前一年的记录中谈到过了；在付钱时发生了一件事，很令人苦恼；愚蠢的梅格·格凡，自从母亲悲惨地去世后，就获得了特殊照顾，经常在星期六来我的住所吃一顿肉；由于我自己的疏忽，处置用我增加的薪水换来的食物，没有一定的措施来规范，一些缺乏教养的继承人把他们所谓的"什一税"送到我这来（上帝能证明他们交的连五十分之一都不到），我没有地方放。这是一个星期六的晚上，我当时正忙着我的布道词，脑子里想的是比金银财宝高尚得多的事情；于是我觉得很受打扰。傻梅格在厨房听到了事情经过，开始什么也没说，但当她看到我和巴尔惠德尔夫人被逼到怎样的境地，她大声喊起来，就像受到了预言的启发——"当房间里的容器都被装满，上帝就不会再给寡妇更多了；的确是这样，的确是，我告诉你，如果你的谷仓已经装满，装不下更多，去寻找穷人，把充足的谷物、油和酒倒进他们的盆里；这样上帝才会保佑你。"我用这些话来警醒自己，让他们把麻袋抬进餐厅和别的房间里,打发继承者的仆人们走了,他们对我抱有偏见,我还是感谢了他们,使他们都有些出乎意料。但是后来我听说,这些仆人和他们的主人们都把我的行为归结为贪婪和误入歧途;周一他们就会因为这样的语言而感到无比羞愧,因为他们已经不再到教会来,所以会听别人说起,我已经资助了教区里每一个需要帮助的寡妇,只要到我的住所来,她们就会得到我增长的薪资的一部分。就这样,我不想冒犯任何人,只是为了公正严谨,在我和继承者之间做出了这样的分配;但是人民和我站在一边,我的良知和我站在一边;尽管教堂里前几排的位子上没有几个人,我相信当乡绅们看到他们的问题时,美好的时光就不远了。于是我向上帝低下顺从的头颅,在吉伯克先生的帮助下,坚持着自己选择的道路;但是在这一年即将结束时,我为教会的分裂感到痛心,我为侯格曼内先生所做的祈祷是对灵魂最残酷的折磨,竟有这样罪恶的事情发生。

第二十九章 一七八八年

纺织厂建成——它给人们带来新的思想

常常有机灵的人说，穿过教区的布劳尔河虽然是条小河，但水流很急，非常适合修筑堤坝、建磨坊。自从艾维尔河改道，这条小河变得名声在外，好几座堤坝和好几家磨坊都建起在岸边。这一年有个提议从格拉斯哥传来，在威志湖下游岸边建一座纺织厂，威志湖是卡杨先生的财产，就位于维特瑞格的拐角处，卡杨先生不但同意修建纺织厂，还要共同承担损失、分享利润；卡杨先生是个很有活力的人，尽管很多天以来我们都视他为教区里的大麻烦，但这次他证明了自己是教区最了不起的捐助人之一。纺织厂建成了，是那么大的一座建筑，这样的厂房我们这代人还从没见过，为了方便在厂子里工作的人，附近建起了一座小镇子，镇子同样也建在卡杨先生的土地上，因此叫作卡杨村，卡杨先生在弗吉尼亚州的种植园也叫这个名字，但是被叛乱的美国人抢走了。从那天开始，财富之神开始眷顾卡杨先生;他的资产迅速膨胀,增长的速度可谓非凡,整个乡村都过上了新生活。纺织厂开工后,他找了一些穆斯林织工来卡杨村定居,不久后的第二年,他又从英格兰的曼彻斯特一带找了一些女人来教我们村子的小姑娘们用绷圈刺绣。

有些住在塔楼状房子里的古老家族不喜欢看到这样的变革,尤其是当他们看到给纺织厂工人修的漂亮的房子,看到那么多人在工厂里工作、创造财富的时候。他们的骄傲已经瓦解,变得微不足道,很多人希望他们的土地有更高的价值,但不愿意看到他们口中"海外的投机"所带来的收益。可是除了开办纺织厂和建设卡杨村,这一年也就没有别的值得纪念的事情了,但这一年无论如何都是充满活力的一年。男人们为新的事业感到激动;有一位天才降临到我们这里了,人们都充满了来自国外的振奋和乐观的精神,不再满足于我们传统中沉默寡言的常态。我们的女校长萨布丽娜·胡基小姐虽然已经过了她最得意的时期,就连她都蠢蠢欲动,一边学一边教刺绣,她这位曾经受人尊敬的公务人员,现在已经抛弃了给人以训诚和为人树立榜样的形象。有一天她告诉我和吉伯克先生说,如果一个女人刺绣比纺织挣钱更多,那她刺绣肯定比纺织更好。

随着贸易和生产的进行,我开始发现一些迹象,我们所习惯的简朴的生活方式正在消失。卡杨村的那些纺织工人都是不满于现状的充满野心的人,他们在晚上聚会,把一份伦敦的报纸拿到"十字钥匙"那里,并争论当时引人注目的法国人事件。在我看来这些小伙子的能力很一般,也不太明确地理解宗教的概念。但他们很安静,很有礼貌,其中一些人后来去了格拉斯哥、佩斯利、曼彻斯特,甚至去了伦敦,并且都成了杰出的人才。

看起来他们好像不太喜欢我布道的方式,因此总是在公共祈祷的时间缺席;我派人去找他们中的一些人,试图说服他们,指出他们在信条的种种真相方面的错误;但是他们的异议使我迷惑,他们用我的论据,那些在神学院已经被证实的古老的长老会观点来驳斥我,就像自负的男人在说着无足轻重的谚语。于是我很困惑,我担心我的人民将会受到影响,他们身处真理旁逸斜出的枝杈里,不被捕鸟人的陷阱所俘获,我决定要万分小心,用警惕的目光观察即将发生的事。

这一年里,我们世俗的财富显而易见地增长;村庄的农民曾经习惯于在星期二、星期三和星期五把有销路的产品送到邻近的镇子去出售,现在我们村子有了自己的市场,比以前方便多了;但我是不能很确定地说,市场是在这一年开始的,因为我知道在来年的夏天,市场才固定下来成为一种习俗。我很清楚地记得,玛卡达姆夫妇在一个星期六的下午,突然带着孩子回来看望他们的母亲。而后,他们邀请我和巴尔惠德尔夫人共同进餐;玛卡达姆夫人为了准备晚宴,在市场上买了羊肉和家禽,在二十年以前不论多么需要或多么有钱,都不可能这样方便地买到这些东西。除此之外,她从"十字钥匙"买了一瓶红酒和一瓶白酒,这样的奢侈,从前只在全盛时期的布莱德兰庄园能够享受到,而且必须要到市里面去买才行;艾格山姆的城堡并不在达尔美令教区的范围内,我所说的并不适用于那座著名城堡的库存,只适用于我们教区的继承者们,他们的经济状况普遍比较拮据,一方面是自己心绪不宁导致的,另一方面是由于家族自豪感的腐蚀,很多聪明人的优势都没有显露出来,他们本可以在贸易中大展身手,但却因为他们的上流身份而被埋没。

第三十章　一七八九年

威廉·马尔科姆来教区布道——人们对他的布道的看法

我一直认为,这是幸运的一年。尽管没有不同寻常的事件值得记录,但男人们心里都怀着希望和新的事业规划。不论结果怎样,在美好而愉快的预期中,人们都制定着丰富多彩的计划。

另一条新的公路已经规划好,这是一条通往纺织厂的近路,从主干道到格拉斯哥,卡杨村还建造了一家新客栈;但是,客栈的事并不让我满意,可它的确给当地居民带来方便,还有那些跑运输的人,他们每周两次到卡杨村来,带来一袋袋棉花,带走纱线。这里还有驿站马车从埃尔来,每周三次穿过城镇,这样人们就可以在早餐和晚餐之间去格拉斯哥,当我来到教区时,这件事还是人们所无法想象的。

我认为驿站马车是在我们周围出现的最方便的事务

之一；这样巴尔惠德尔太太就可以把一篮新鲜黄油送入格拉斯哥市场，在春天和秋天，可以卖个好价钱，因为格拉斯哥商家都喜欢优质的食品，并且他们都是现金支付——司机泰姆·沃尔利特买了一篮子，又拿起了另一篮。

今年，寡妇的小儿子威廉·马尔科姆，已经在东部的村庄兼职做家庭教师，他上大学时期确实每年都去看望他的母亲，今年他又回来了，但是今年与往年不同，因为他将站在我的讲坛布道。他的老熟人都很好奇，想听听他的布道，我自己也有一个小小的愿望，就是想看看他离成熟还有多远；所以，在一位长者的建议下，我问他是否能替我做一次布道，经过一番劝说之后，他同意了。然而，我认为，他的能力不凡，但却非常谦虚，可他的理由并不充分，他说他的母亲可能会不满意，可她还没有聆听过他的讲演呢。因此，在之后的安息日，他做了布道，教会人满为患，全场的人都像我一样聚精会神。毫无疑问，他将布道词安排得很好，也并不反对他所讲的教义；但年长的人觉得他的语言过于英语化，我却不这么认为，因为我不能忍受老苏格兰教会的平淡和长老教会的清醒和简单，应该在词汇或行动上或多或少地借鉴英国高级教士的语言层次结构。尽管如此，集会中的年轻人对他大加赞赏，说在我们乡村，还从来没有听过这样的语言风格。至于他的母亲马尔科姆太太,当我和她聊起这事时,她说得很少,只表达了她的愿望,希望他对得起他自己的戒律;所以总体来说,我们都很满意,他证明了自己很有可能会成为苏格兰教会的坚强支柱。然而他的母亲在死之前,看到了他被任命为一名牧师,还成为乡村里的著名作者,这些让她感到很欣慰;因为他在爱丁堡发表了一卷《道德散文》,他送给我一份精致的副本,他的文笔值得称赞,虽然缺少了些气势和细腻,但那就是这本书的风格。

第三十一章　一七九〇年

一家书店开设在卡杨村众多织工的房屋中间

这一年和前面一年非常相似。村子里建起了一些新的房屋；在卡杨村出现了许多织工开的店，迅速地发展为一个城镇。在某些方面甚至是我们这里的首创，一天我去维特瑞格斯与卡杨先生用餐，我极为惊讶地看到那里开了一家书店，在橱窗里面有红色和黑色的石蜡、溢香盒、钢笔、袖珍图书及新的出版物，就好像我们以前只能在大城市和自治市看到的。晚上，一种精巧的灯照耀着书店，灯发出美丽的光束，烧油的同时没有烟。这个男子除了卖一些司空见惯的奢侈品，也卖很多新奇的东西，香水、粉扑、小饰品和都柏林娃娃，另外还有折叠小刀、橄榄皂和手杖。

我被眼前的景象迷住了，与这个男人进行了一番颇有收获的交谈，他告诉我，他与伦敦方面有联系，任何书籍，在出版后的一个月之内都可以让我读到，他也给我展示了一些最新的出版物，有些我甚至在三个月以后才在《苏格兰杂志》读到，在那之前我一直认为，《苏格兰杂志》是最吸引人的出版物，因为它总是有很新的消息。但最令我惊讶是，他为纺纱工和织布工提供一份伦敦的日报，工人们每周付给他一便士；当时，他们都非常了解法国发生的事情。

然而，最后证实了这位书商是我们安乐窝里的异类，因为他与一些英格兰革命者有联系，三年之后，由于与伦敦通信会和民主党人的密谋与罪行有所牵连，他不得不在夜里逃跑了，离开他妻子一段时间，去处理他自己的事务。但是，我无法想到这个人的任何缺点；因为在政治层面，他对权利与正义有着非常正确的观念，当他来到教区，他和其他人一样遵守秩序，行为良好，作为一名专业人士，我一直认为，行为是对一个人原则的很好的测试。直到我讲话的现在，人们对政府改革也没有感到恐惧，不像当时那些在革命中的疯狂且奢侈的法国人。

但是，在诸多的进步中，我应该提到，一位名叫马力古德的医生在卡杨村定居了，他是一个小个子，微胖，脾气温和，他有趣的故事远比他的药受欢迎。有些织工怀疑他是否是一个技术娴熟的医生，这个疑问引来了另一位医生定居在这儿，他名叫坦赞，于是有了一种说法，在卡杨村，一位医生管健康，一位医生管疾病。马力古德医生是端着大酒碗使人快乐的好手，而坦赞医生掌握了所有治疗病人的复杂知识。

正是在这一年，教会尖塔的钟盘和指针被翻新了，尽管假以时日，人们确实可以看出它变新了，但它还需要重新镀金；因为在我的建议下，表示时间的各个数字被置于不同的角落里。今年，布劳尔河上的大桥建成了，冬天的时候，给住在北边的教区居民带来极大的方便；因为每次遇到星期日天气恶劣的情况，他们都没办法来教堂，但是，我一直没有发现这个问题被解决了，直到对民主派的战争结束后，我们现在开始了新的战争，去攻打博尼，以及他们的孩子和守护者时，我才发现桥解决了这件事。纵观整个基督教世界，这段时间所发生的事情，最好被看成在掩饰之下的优雅；因为我可以明显地感受到对神的不忠，正在我的葡萄园的角落里蔓延，那些曾经一贯对神的启示怀着支持和信任的藤蔓正在慢慢枯萎。但我没有说什么。我知道，真理不会泯灭，而且它会在不断的洗礼中变得更加纯洁；我已经看到，在我讲话的今天，许多在那些年里不冷不热的教会成员都变成了积极的信徒。

第三十二章　一七九一年

我把儿子吉尔伯特送到格拉斯哥的一个账房——我对格拉斯哥的观察——回来以后我宣扬财富的虚伪，人们叫我反政府分子

今年春天，我带我儿子吉尔伯特去格拉斯哥，把他送到一家账房里，因为他对任何需要博学的职业都没有兴趣；从上次去开宗教大会，我再也没去过格拉斯哥了，当我看到格拉斯哥的巨大变化，我有说不出的震惊，现在格拉斯哥比我们乡村好了太多，我认为简直是无与伦比。当我事后回想我当时的单纯想法，我清醒地看到，我们不能仅通过我们的见闻来判断世界上其他地方的好坏，而是要走到更多的地方去，扩大我们的观察范围，使我们对事物的判断更加成熟。

当然，毫无疑问，这座城市有显而易见的巨大发展，到处都是更高的房子，公路一直延伸到村庄的怀抱中，但我感到人们露出了一种被伤害的神情，和我参加神学院课程的时候相比，考恩盖特大街上，更多的人拉着脸，且

脸色苍白。我听说这些人要么是织布工，要么是从事棉花贸易的工人，我很相信这种说法，因为他们的神态和卡杨村的人很像；但是他们住在一个拥挤的城市里，在工作的间隙完全不能呼吸到乡村里清新的空气，他们看起来更加不健康，更加忧郁；因此，我很高兴上天把这片农村教区的乡下人交到我手中，因为看到那么多处于人生鼎盛时期的年轻男孩，已经一副虚弱苍白的模样，我的心仿佛被刀扎一样疼痛；当我回到自己的住所，我和巴尔惠德尔夫人说："我们像现在这样，住在一个无知的小圈子里，很多罪恶我们都不知道，那便省去了知道的痛苦；而一旦见识广博，必然会承受心灵的悲哀。"

　　但这段经历最主要的效果，是使我全力以赴地去保持人民对这样卑微现状的满意；如果像现在的很多人那样，产生要提高的想法，我感到必然会带来一些负面影响，向我们展示出它并非是一种完全的进步，而现在贪婪使大家都那么急切地去相信这种变化的正确性。于是，我进行了一系列的布道，谈论了与财富相伴的罪恶和虚荣，在一年的大部分时间指出他们怎样使信徒沉溺在罪恶的奢侈生活中，这种沉溺怎样招致欲望，欲望怎样背叛了道德，腐蚀了心灵，因此显而易见，有钱人更容易忘记自己无功受禄所带来的对上帝的职责，在他需要服务的时候去压制那些辛劳而贫苦的人。

我完全没有想到，我这样努力地使我诚实的民众远离狼一样贪婪的野心，却是给了很多人一个理由，来把我看成国王和政府的敌人，说我滥用基督教思想来宣扬敌对的信条。但事实的确如此。很多继承者把我当成反政府分子，尽管我知道他们说的并不是事实，他们认为我在行使职责时，只想着最好让大家保持世界的平静，保持对他人的善意。然而，我在很多人身上看到举止行为的变化，而我以前一直和他们相处得非常友好。这件事还不足以让我去追究它的源头，但持这种想法的人很多，足以影响我思绪的安宁。

于是在年末的时候，我感到非常无聊：我的精神压抑，时常会厌倦白天，期待夜晚来临，我能闭上眼睛，安稳地睡去。我想念我的儿子吉尔伯特，在很多漫长的夜晚，他陪伴着我，他的母亲则和女仆们在厨房没完没了地忙活着。我常常发现，我的内心排斥那样永不停歇的勤劳，我想告诉巴尔惠德尔夫人，除了做桌布，做毯子，婚姻的状态还应该有其他的目的；但是不停地工作是她的幸福所在，她在其他任何形式的生活中都找不到快乐，于是无数个夜晚，我坐在火炉边，默默忍受着；有时在书房，有时在会客厅，又因为我什么也没干，巴尔惠德尔夫人说没必要点蜡烛。我们的女儿珍妮特当时在埃尔上寄宿学校，所以我真的成了婚姻中最孤独的人。

第三十三章 一七九二年

被低落的情绪困扰——偶然遇到卡杨先生，他决心
消除人们对我的偏见

当这一年的春天到来时,山坡变得更加明亮了,那些压抑我、使我心情灰暗了整个冬天的阴云已经散去了一些,有时我可以取笑第二位巴尔惠德尔夫人了,说她是所有蜜蜂中最忙的一只,有着无数的辛苦和麻烦。但我远远没有恢复,小事情也足以影响我,我还是格外喜欢独自散步,沉思我不知道的事——我的思绪是一个无形的梦的框架,和上升的烟一样漫无目的地飘着,消失在高空中。

我几乎不再留心村庄里发生的事情,也对任何人的担忧不感兴趣,我本可以满足地死去,可我却无病无灾。但是,一次意外发生了,它促使我去努力,给我带来了好的影响,几乎完全赶走了我的抑郁。

一天早上,当我走在洒满阳光的路上,这条小路转年就要修到纺织厂,我遇到了卡杨先生,他似乎很烦恼——

159

在任何时候,只要一个小问题就可以使他烦恼;他走到我面前,红着脸,睁着愤怒的眼睛。我本没打算和他说话,因为我不愿意和任何人对话,所以我鞠了一个躬,继续向前走去。"什么?"卡杨先生说,"你不跟我说话?"我转过身,温柔地说,"卡杨先生,我不反对和你说话,但没有什么特别的话可说,刚才似乎也没有这个必要"。

他就像一只鸢鸟一样看着我,然后马上大喊:"哎呀,疯狂啊!像三月的野兔一样疯狂!"然后,他和我说他已经注意到我变了,而他正是在去牧师住处的路上,想来问问我到底怎么了。所以,一点一点地,我们深入地谈论起我遇到的问题;我告诉他,通过观察,我发现一些继承人已经离我们的传承越来越远;于是他发誓,他们是这个村子里最讨厌的一群人,并告诉我,我是个平均主义者这样的观念是怎样进入他们脑海的。"但我更了解你,"卡杨先生说,"作为一个诚实认真的人,我支持你,虽然我不太喜欢你单调的说教。然而,这无所谓。我坚持邀请你今天与我共餐,当他们中的一些愚蠢的傻瓜和我们一起时,我一定会让你和他们交上朋友,否则就一定是魔鬼来了。"但是,我想卡杨先生没有足够的资格成为和事佬儿,尽管如此,我同意了;并且当他粗略地知道使我感到沮丧的原因即是他们对我的背叛时,并且了解到为了消除一些继承人对我的错误认识我一直那么努力;我们分开之前,他诚恳地握住我的手,我们之间产生了一种全新的友谊;并且,仿佛要弥补过去的疏忽,他们共餐的邀请没有结束,让我再一次鼓起勇气,驱除我血液中那厚重、混乱而又阴郁的情绪。

但是,另一件事情证实我痊愈了,我的女儿珍妮特从埃尔的寄宿学校回来,她在那里学会了演奏小型立式钢琴,并成为一个健谈的女孩,还学到了很多地理和历史方面的知识;于是当她的母亲在轰鸣的砂轮旁辛苦忙碌的时候,她会唱首曲子哄我开心,有时她侃侃而谈,使得冬夜飞快地过去。

也许是因为在今年的大部分时间,我的思想一直处于不健康的状况,或者真的没有发生什么特别的事情来引起我的兴趣,我也说不好原因是哪一个,但很明显,我没什么特别的事情可以记录下来——我自己掏钱用粗灰泥涂抹了我的住所,给窗棂刷了漆,把柔软的羊皮挂起来,我自己出钱远好过去找那些继承人提要求;因为当他们被要求交钱时,总是会非常痛苦。

第三十四章　一七九三年

我做了个不一般的梦，于是针对当时发生的事件进行了一次布道——两名信奉民主主义的织工小伙儿被带到治安官卡杨先生面前

在这一年的第一个晚上，我做了个不一般的梦，当我在遥远的今天回忆起这个梦，我不得不认为，那场梦中蕴含着一个预言。我梦到我站在一个古老教会的塔顶，透过窗户看着外面的教会院子，我看到了古老的坟墓，坟墓的墙壁上有雕像和盾徽，一扇大门在院子一侧，另一侧有一扇小门，通往潮湿阴暗的地下室。我梦到沉睡在坟墓中的所有死去的人，都从棺材里出来了；同时，从那些同样带着雕像和盾徽的古老且宏伟的纪念碑里，走出了伟大的人，他们是土地之王，头上戴着王冠，手中拿着金球和权杖。

我站在那里，不知道接下来将会发生什么，就在这时我听到了鼓号声，看到一支军队挥舞着旗帜走进大门；此

时那些国王和伟人也在权力的光辉中向前走来，一场恶战爆发了；但是那些从普通的坟墓中爬出来的人们，尽管人数众多，却只是站在很远的地方观望。

国王以及他们的支持者被彻底挫败了。他们被驱赶进纪念碑的入口，他们的盾徽已经损坏，雕像已被推倒，胜利者吹着号角，挥舞着旗帜，庆祝他们大获全胜。当我再次看过去时，景象已经改变了，我看到一片宽广而沉闷的荒地，远处是一座大城市林立的尖顶，中间有一座塔，仿佛是巴别塔，我仔细辨认，发现上面写着几个红色的字——"公众意见"。正当我陷入沉思时，我听到一声大喊，不久征服者们出现了，穿过渺无人烟的荒野。他们如此骄傲有力地向城市走来，但一朵玫瑰花在远处的黑暗中燃烧起来，景象可怖，火焰像一座高塔直插进天堂。我看到一只可怕的手，接着是一只胳膊从浓雾中伸出来，紧握着由冰雹和暴风雨组成的长扫帚，像扫尘土那样横扫了这些亡命徒；接下来我又看到了教会的院子，他们分散开来，坟墓关闭，那些带着盾徽和雕像的古老坟墓，都回到了最初的模样。接着，我醒了，意识到这是一个梦。

这场梦使我困惑了很多天，接着传来消息说，法国国王被人民砍掉了脑袋；我觉得可以这样说，我在睡梦中看到的景象在现实中得到了证实；针对这件事，我做了一次布道，抨击了法国大革命，人们认为那是我在讲坛上进行的最合理最伟大的布道之一。

卡杨先生已经被任命为治安官一段时间了，接下来的星期一，他从维特瑞格斯的房子到"十字钥匙"来，他派人把我和其他在村子里受人尊敬的人都叫过去，对我们说他要做一件令人伤心的事情，因为他收到一份逮捕证，要他审讯两个信奉民主主义的织工小伙子，他们被怀疑犯有叛国罪。他们被带进来的时候，几乎都没有说话，他开始审问他们怎么敢以自由平等的原则为借口，去分割他的还有其他人的财产。两个男人平静地回答说，他们不想要任何人的财产，只要他们自己的自然权利；审讯时他一直叫他们卖国贼和改革者。他们否认自己是卖国贼，但承认自己是改革者，并说他们不知道这怎么会成了一桩罪状，因为任何时代的伟人们都是改革者。——"我们的主耶稣·基督，"他们说道，"难道不是改革者吗？"——"那么他的改革带来了什么罪恶？"卡杨先生突然激动起来，并大叫着，"他不是被钉在十字架上了吗？"

当我听到这些对话，我感到脚下的土地都已失去了立柱的支撑，向下凹陷，房顶也仿佛被一阵旋风刮走了。耳边响起了轰隆隆的鼓声，蓝色的石头在我眼前跳舞，我不得不离开这里向我的住所走去，我坐在自己的书房里，就像一个失去知觉的人等待厄运的降临。审讯没有找到两名织工小伙子的罪状；但从那一天开始，我再也不能把卡杨先生看成一个基督徒，尽管他确实是位真诚的政府官员。

这件事过后不久，继承者们又经历了一次福音精神的启迪，尤其是在他们听说了我是怎样处理法国弑君事件之后；其后的一个星期日，我欣喜地看到教堂的长凳上坐了很多位绅士，他们已经很多年没有进过教堂的大门了。那些在全世界掀起麻烦，并曲解贵族行为的民主主义者，暗地里讽刺说，他们的这种行为并非对神的教诲又有了新的感受，而是害怕被别人举报为对国王的政府有所怀疑。但我并不相信这种说法，我认为他们之所以再次团结到教会中来，是因为他们已发誓效忠于王中之王，并反对法国的那一大群无神论者，那些扯下坟墓里死人的衣服做成旗帜，并挥舞着这样的旗帜与上帝开战的人。然而，这一年始终处于动荡之中，当战争宣布打响，贸易跟着停止了，真是可怕；四面八方传来的只有失败的消息，在这些令人悲痛的事情当中，有一个关于格拉斯哥的梅特兰先生的消息；在马尔科姆太太身处苦难时，是他提供了帮助，给了她的儿子罗伯特一艘那么好的船。这么多坏消息令人伤心，尤其当消息与像他这样年长而受人尊敬的商人有关时。他曾经做过市长，但后来情形每况愈下；在遭遇了命运的变化后，他没有支撑很久，他被击垮了，衰老的头颅埋进痛苦之中，再也没有抬起来。

第三十五章 一七九四年

教区出现了两个派别，政府派和雅各宾派——我在实用和博爱的措辞中，努力使基督教慈善事业不被遗忘

直到这一年树木繁茂的仲夏时节，才发生了些值得记录的事情，我的人民非常令人痛心地分成了政府派和雅各宾派。邻里之间成为仇敌，在我看来完全是一场灾难，由于双方的错误，这场灾难毫无悬念地发生了，但是需要承认，贵族们并没有为了击败这些行为不端的平民而做任何事；即使他们再傲慢些，也不能让事情变得更糟了，相反，他们的傲慢态度还可能会使情况有所好转；但民主主义者们得意忘形，任何的亲切和蔼都被他们解读为对他们力量的恐惧；民主主义者的确应受到责备；他们的同僚在法国兴旺发展，摧毁了他们向权力进军的道路上的每一处障碍；他们粗野、傲慢，在成功面前毫无节制，证明他们配不上自己的好运气。

在这样的情况下，我只有一个简单而朴素的职责。有

人在试图使基督教信仰名誉扫地,年轻的一代受到教唆,开始嘲笑基督教中最神圣的法令;教会越来越频繁地被人们当成在下雨的星期天打发时光的好去处,而不是去领悟神圣经文中的箴言和启示的地方。了解到这一点,我认为再去处理那些神秘的信仰,将会毫无作用;但当时流行一种谣言,认为仁慈、博爱以及实用性都是具有普遍性的,异教徒们用这种谣言伪装自己,宽容、兄弟之爱和善举,这些宗教所反复推崇的思想,被异教徒纳入自己的哲学中,我决心以说服这些人为己任,我认为他们使用一点计谋与上帝的王国为敌,也算不上抢劫,因为他们的行为使很多人对这一思想充满兴趣,并努力去理解它,如果是我去给他们做更加高尚的阐释,他们一定会对我封住耳朵。就这样,为了将想法付诸实践,我阐释了基督教善行的本质,将它比喻成太阳的光和热,而太阳无私的同时照耀着正义和邪恶——这表明,一个人如果不以善行为己任,他就无异于终将死去的野兽,他人性中的每一种情感都隐藏着自私的根源,但如果他能被这种神圣的冲动所激励,他就会得到升华,像神一样充满热情地去减轻一切生灵的痛苦。——第二天,我向他们证明了,这种已经成为潮流的新的善行,不过是基督美德的另一种形式而已。我用这样的方式讲解了兄弟之爱,使一个观念深入到听众的处境和内心,经过慈善的考验,基督教精神既没有增长，也没有更完善。然而，有了善举，我的工作变得更全面了；我告诉我的人民，他们并没有不理智到脱离基督教而成为功利主义者，如果真的如此，那只能说明他们对自己所抛弃的信念多么无知，竟然认为我们的宗教所反复推崇的责任只存在于道德和礼仪的层面，而这种新奇的实用主义观点恰恰就是躲在道德和礼仪的伪装之下。

我的这些持续时间不算短的讲话，并没有对男人们产生很大的影响；但他们已经准备好组建家庭，因此他们被年轻的姑娘们吸引着，这使我确信，我所播下的种子将会适时发芽；我规劝自己，如果这一代中优秀的男人能够一直这样自由思考，那他们的妻子们将会确保下一代人拥有高贵的精神；于是当基督教变得逐渐默默无闻，我展望未来，看到那些还未出世的孩子走在明亮的绿色田野中，走在信仰明朗的光彩中，我不禁暗自欣喜。

但是由于贸易的衰落，加上国王的恩赐的诱惑，但最重要的是，在当时人们愚蠢思想的支配下，这一年我们教区里去参军的人数很多。只在一周内，就有三名织布工和两名纺纱工去了埃尔，拿到了皇家炮兵团的奖金。我忍不住告诉自己，人们已经变得习惯于改变，习惯于非凡的冒险，从十一月到十二月，一周又一周的时间里，人们蜂拥而去，他们离去所带来的痛苦远远不及在美洲战争开始时，托马斯·威尔森入伍给我们带来的悲痛大。

第三十六章　一七九五年

一个征兵小分队来到镇上——之后是演员——接着是来布道的贵格会成员——织工的思想变化

这年到来时，发生了一件事，而在那以前，在我们这个清醒的乡村教区，我从没有害怕过类似的事情。在卡杨村的织布工和纺纱工小伙子，很多都去埃尔参军了，政府注意到了这一点，派了专门的征兵小分队驻扎到镇里；到这个时候村庄这个词已经逐渐不被人们使用了；这片地方也的确发展壮大了许多，不再与这个名号相匹配，我永远不会忘记第一声军鼓给我的心脏带来的重击，那是个星期一，我一个人坐在会客厅的火炉旁，巴尔惠德尔夫人和女仆们挤在一起洗衣服，我在埃尔的女儿正和她在寄宿学校的老朋友们一起。我以为是敌人来了，不久后横笛尖厉的声音传来。夜晚原本平静安宁，我的妻子和所有的女佣们都跑到我这里，以上帝的名义大喊大叫，是什么事情发生了呢？我感到自己责无旁贷，于是我穿上大衣，戴上帽子,拿着手杖,去外面查看。镇上的人都很冷漠,年长者一群群地站在门口,小孩们跟着咚咚的敲击声,每次有双重鼓点响起,他们都会大叫,好像他们曾经面对过敌人似的。

我走到长老阿奇博尔德·达赞代尔先生旁边时,刚好听到他和别人说:"先生们,战争要打到我们家门口了。"听到这句话的人无不叹息;接下来他告诉我关于陆战队士官的事情,我们进行了一次严肃的谈话;但是,当我们站在路上交谈时,巴尔惠德尔夫人和女佣们按捺不住了,成群结队地来问我发生了什么。简单地说,那是一个充满痛苦和焦虑的夜晚。达赞代尔先生和我们一起回到我的住处,我们喝了一杯清凉的棕榈酒,惊异着这些使人恐怖的预兆和改变何时能停止,我们两个人都认为,世界末日越来越近了。

也许是这个地方的小伙子不喜欢被熟人看到自己戴着入伍的帽徽,或者是什么别的原因,我说不清,但可以确信的是,征兵小分队成效不大,他们大约在三月底就撤走了。

这年发生了很多重要的事,都是我在记录时无法忽略的,因为这一年很奇特,并非常显著地预示着正在快速进行着的革命。八月的市集上来了一群演员,他们租了托马斯·萨克兰的谷仓做演出。这是来我们教区的第一批演员,关于他们的流言让镇上的人们兴奋异常。第一场演出是"道格拉斯悲剧"和"温和的牧羊人";大家普遍认为,在正剧中演诺佛尔,并且在闹剧中演派蒂的那个人,是英格兰一位伯爵的儿子,为了不和有很多嫁妆的老女人结婚,他从父母身边跑了出来。但不论事实真相是否如此,明显可以看出,他们这个团体正处在极度的贫困中;但我听说他们在扮演角色时不仅自己笑得开心,也能使其他人痛快地笑起来;我被迫让我女儿和她的朋友一起去看他们,我女儿就是这样向我描述他们的,我想我应该亲自去侦查一番。同时,我必须承认,这种好奇心是罪恶的,我尽力去抑制自己。在他们演出的剧目中,有一部叫《麦克白和女巫》,卡杨小姐曾经在伦敦看过这部话剧的表演,冬天她从寄宿学校回来以后,曾和父亲一起在伦敦居住,利用三个月时间看世界。但这部话剧并不像诗人莎士比亚的那部戏剧,根据他们的描述,这部戏剧讲的是一个破破烂烂的东西像有生命的绅士一样,与麻雀勇敢战斗的故事。这些饥饿的演员表现得一点儿也不像皇家宴会上的宾客,而是狼吞虎咽地吃着面包大餐,喝着麦芽酒,本来是要和玻璃器皿里的白葡萄酒一起喝的;但最夸张的是,一口放着橄榄菜的锅扮演的大锅角色,本应伴随着雷鸣和闪电沉入土壤之中;但是它做得也不错,因为它的确消失了,弗吉尼亚小姐说,它的腿上系着一根绳子,被人拉着,悄悄地走了。戏剧的这个场景获得了前所未有的掌声；扮演麦克白国王的演员向群众非常礼貌地鞠了一躬，以示感谢，因为只有在观众的认可之下，他们才可能得到这口会表演的锅。

当全体演员退场后，我们在同一个谷仓里还有一场不同类型的展览。这次的演员是两位贵格会成员，还有一位贵格会女士，他们是肯德尔镇来的皮革工人，来埃尔做皮革生意的，同时宣讲他们的教义，但目前还没有改变任何人的信仰；三个人都拿着威士忌，被一匹十分懂事的马拉着，这是"十字钥匙"的马夫告诉我的。他们来旅店吃晚饭，打算晚上在这过夜，他们散布消息，让人们知道他们会在朋友萨克兰的谷仓里举行一场会议；但是托马斯说他们并不是他的朋友或亲戚；然而这就是他们说话的方式。

因为大家都接到了通知，傍晚，多数教众都在谷仓集合起来，我和阿奇博尔德·达赞代尔先生也都去了，希望人们能保持敬畏之心；我们害怕陌生人被嘲笑或侮辱；这三个人坐在很高的舞台上，他们特地准备了两匹母马，还从泥瓦匠托尔那借了一副脚手架。他们默默地坐了很长时间，最后女人的精神受到触动，她站起来，发表了一场非常理智的演讲，阐述了基督教精神。听到那样完美的教义，我很震惊；达赞代尔先生说，这比他在爱丁堡的一些

172

朋友努力传授的内容还要得要领；有些人嘲笑虔诚的贵格会，笑话他们的真诚和朴素，接下来她讲了基督教徒的道德使命，用很有教育意义的演说抨击了那些嘲笑他们的人。

然而总体来说，在我的回忆中，这年又是不尽如人意的一年。当然，我们在这一年给世界带来了很多东西，但我们面前摆放着各式各样的诱惑，贵族与下层社会，尤其是与工人之间，仍然存在猜忌和隔阂。我的确不能说，在我的人民中，堕落的比例没有增长；他们各自的使命召唤他们做不同的工作，呼吸着上帝自由而纯净的空气，他们面对煽动性的言论，没有被污染，这种言论让久坐不动的织布工的头脑发起烧来，就像纺纱工肚子里的胃肠胀气，向他们的头脑中传输着异教徒哲学带来的无用而病态的愤怒。

第三十七章　一七九六年

第二任巴尔惠德尔夫人去世——我寻找第三任,注意到寡妇纽金特夫人——求爱的详情

财富如同春天的花朵,或晚上云端的金色。它鼓舞精神,但终将飘散而去。

在二月份,我的第二任妻子去世了。她已经病了一段时间,但还在坚持劳作,没有什么药能消除她的痛苦。我曾在附近乡村给她找了最好的医生,但他们也束手无策,他们意见是,她的痛苦是由内部脓肿引起的,药品无法治愈。她的死对于我来说是巨大的悲痛,因为她是最优秀的妻子,非常勤奋、灵活地管理着每一件事情,从不出错。有了她,我逐渐比长老会里所有的主教都要富有;但最重要的是,她是我孩子的母亲,这让我倍感离不开她。

我将她安葬在我的第一任妻子,也是我的表妹,贝蒂·兰肖旁边,把她的名字和贝蒂·兰肖刻在同一块墓碑上;但时间已经耗尽我的诗情画意,而我还没有能够写好

关于她优点和美德的墓志铭，因为她的优点和美德不言而喻。她最大的缺点——最好的人也有缺点——是过于认真地工作；在这样的状态中，我想她有时放弃了炉火边的舒适，因为她只有在督促女仆们工作时才会觉得如鱼得水。但是，如果她这样做，使我自然而和谐的内心不能平静，即便有银行和债券，她也背离了让我和孩子们赞美她所做的美好家庭事务的初衷。

到我发现时，她刚刚离开我们不久。我所有的东西都被她整理得井然有序，但他们很快就杂乱了，因为，正如她所说，我是个不拘小节的人；虽然我的女儿珍妮特长大了，可以持家了，但我还是有必要尽快找一位妻子。我考虑到我的女儿未来有一天要出嫁，不在我身边，但仆人们可能会越界，并且证实那句谚语"山中无老虎，猴子称大王"。除此之外，我虽然还很健康，但已经进入人生的晚年阶段，不能期待现在这样，不用承受衰老的惩罚，时间还可以延续得很长。因此，应该允许我及时找一个帮手，在我越来越虚弱的时候照料我。

关于这件重要的事，正如我说，好几个夜晚，我思考我的处境，我感到自己不适合找过于年轻的女子，也不适合找年龄大的未婚女性，那种类型的女人多数有强烈的个性。因此，我决定，我应该在年龄合适的寡妇中进行选择；我突然想到去和马尔科姆夫人谈谈，但是当我考虑到

175

她高贵且稳重的性格,我确信,想她是没用的了。于是,我降低标准,想到了艾维尔,那有许多寡妇和其他单身女性;我把目标锁定在纽金特太太身上,她曾经是格拉斯哥大学的教授,之所以想到她,一方面因为她是一位有教养的女人,没有孩子,不会祈求得到我的两个孩子的利益,也因为作为一位信奉基督教的女士,所有认识她的人都非常尊重她。

然而,直到夏天的某个时候,我才下定决心向她表达我的意思;在八月份的一个下午,我决定了,从容地去了艾维尔,拜访了那里的主教敦韦迪牧师,我假装偶然地走进了纽金特太太的家。我看得出来,她对我的拜访感到有点意外;然而,她对我很礼貌,她的仆人拿来了各种泡茶的东西,像钟表的走针一样精准整齐地摆放这些茶具,她邀请我坐下和她喝茶;我照做了,感到很开心,并得到了很大的鼓舞。不过,我当时没说什么,而是回到了住处,我对自己看到的非常满意,这让我想再次拜访。所以,一周后,我带着我的女儿珍妮特,赶在上午步行过去,先去纽金特太太家拜访,当我们出来去主教家时,女儿说她认为纽金特太太是个和蔼可亲的女人,我决定不能再拖下去了。

因此,我邀请主教和他的妻子下个星期四一起用餐;离开镇子前,我叮嘱珍妮特,在我和主教处理事务时,出于礼貌,去找纽金特女士,并邀请她一起用餐。敦韦迪牧师是一个机灵的人,也很幽默;而他猜出我要干什么,用很欢快的情绪与我交流,但我要等到合适的时候才能说出来。

周四,他们全部受邀而来,除了一只鸡以外,并没有什么好吃的,敦韦迪牧师把一只鸡翅放在纽金特太太的盘子里,并把另一只鸡翅放在我的盘子里,说,还有比这两个鸡翅比翼齐飞更棒的奇迹吗?这个玩笑引起一片笑声,但我和纽金特太太除外。我为了证明自己没有退缩,把一只鸡腿放在她的盘子里,另一只鸡腿放在我的盘子里,用敦韦迪牧师的话说,还有比这两只鸡腿同处一窝更棒的奇迹,大家都觉得我的话很聪明;与此同时,我轻捏了一下纽金特太太丰满的胳膊,用这种愉快的方式打破了之前的尴尬。总之,在我们之间发生任何事情之前,我们已经是天造地设的一对了;既然如此,第二任巴尔惠德太太去世十二个月零一天之后,我们立即结婚了;我们两个都没有后悔这种选择。然而,公正地说,这要感谢我的第二任妻子,这一切完全归功于她良好的管理;因为她留下了这样一所精美的房子,她的继任者说,我们除了让彼此幸福外,什么也不用做。

今年在教区里没有什么其他值得记录的事了,除了在洪水季节,纺织厂的堤坝决口,大水汹涌,冲走了很多食物,并对下游的磨坊造成了巨大的损失。看着卡杨先生处理这件事时的冷静，我感觉奇迹发生了；因为其他时候，他会表现得如同疯狂的小狗，因此人们不敢告诉他，直到他早上醒来，看到了破坏的情况；看到这种情景，他吹起尖利的口哨，开始嘲笑人们竟然会害怕把消息告诉他,用他的话说,就好像他的财富和人生观不足以支持他抵御更大的不幸似的。

第三十八章　一七九七年

亨利·梅尔科姆先生来我们教区看望他的叔叔卡杨先生——由于他的诙谐幽默，梅格·格凡爱上了他——他结婚时的情形

在我散步时，我常会看到上帝创造的那些缺乏理性的生物，也就是飞禽走兽，它们都在一种美好本能的支配下照看着下一代，于是我经常会有这样的想法，爱与宽容远比理性和正义重要得多，它们相互联系，撑起这个世界，人们显示出不和谐的欲求和悲伤，在社会中既依赖于他人，又负有职责。

夏天，卡杨先生的外甥亨利·梅尔科姆先生从英格兰来看望他舅舅。那刚刚在牛津大学的基督教堂学院完成了学业，是国家所培养的最为优秀的年轻绅士。

他的外貌堪称完美，面容健康且阳刚，生性坦率，无忧无虑，性格的很多方面都和我被枪杀的老朋友艾格山姆勋爵相似。但在某些方面，他的确已经超过了勋爵大

人,因为他充满智慧,可以用令人非常愉快的方式开善意的玩笑。他经常来我的住所看望我,和我在一起感觉很快乐,他擅长自如直率地逗趣,和他在一起我很难谨言慎行地恪守礼仪。他关注到一些人,傻梅格·格凡就是其中的一个,有一天他来看我时,偶然遇到了梅格,梅格亲口告诉我,他们两个人交谈了一会儿,而后他就牵起她的手,扶着她的胳膊,像扶着一位高贵的夫人一样,带她走过教会台阶,一直走到我的住所的大门口。

从这次不合时宜的相遇开始,可怜的梅格便深深地爱上了梅尔科姆先生,看她为了赢得他的关注而做的各种滑稽古怪的事,就像看一场戏剧表演一样。在服装方面,她从没有得体的概念,而是在村子里转来转去地找人要些绸缎,来给旧衣服打补丁,她称这些衣服长袍为礼服。然而到现在,她的行为已经缓和了很多,那时她开始有虚荣心,开始顾影自怜,用她自己的话说,她已经拿出了压箱底儿的本事,人们以前可没有见过她这个样子。我不能对她妄加描述,但她戴着各式各样的装饰,袖口和褶皱花边,羽毛和花朵,破旧的树胶花朵,用刷上颜色的彩纸打的结,还有丝带、毛皮和蕾丝,手里拿着一把旧扇子,四处晃悠着,或嘲笑别人,或自己傻笑着,任何人在看到她的时候,都没办法保持严肃和冷静。

她第一次以这样的装扮出现在众人面前,是在教堂里，在她和梅尔科姆先生相遇后的星期日那天，即便在我布道的时候，我也很难让自己的目光从她身上移开；礼拜结束后，她走在他的前面，散发着"魅力"，试图抓住他的目光；在贝蒂·沃德瑞夫被玛卡达姆女士恶作剧一番之后，类似的事在我们这里已经很久没有听说过，更没有见过了。

任何人都会被这个傻瓜的愚蠢所激怒，但是梅尔科姆先生不会，他诙谐地赞赏着她的智慧，令所有人大吃一惊的是，他向她伸出手，和她跳起了阿勒曼德舞，这只有在国王的宫殿里可以看到，大街上从没见过这样的景象。但是，哎！欢乐并没有持续多久。梅尔科姆先生从英格兰来，就是要娶他的表妹弗吉尼亚·卡杨小姐为妻，直到劳尔莫尔先生在安息日做出他们结婚的预告，可怜的傻梅格才听说了这件事。劳尔莫尔先生的预告还没有读完，这位天真无辜的傻瓜尖叫一声，疯狂地跑出了教堂，大家都被她吓了一跳。可怜的梅格再也不穿那些华丽的衣服了；但是她坐在卡杨先生家窗户的对面，双手紧握在一起，带着恳求的眼神，像是由雪花石膏做成的不朽雕像，她知道梅尔科姆先生就在房子里，无论怎样哀求她她都不离开。梅尔科姆先生给她一些钱，新娘也给了她很多好东西，但梅格把那些东西扔掉，又双手紧握，一动不动地坐着。卡杨先生想把看家狗放出来，但大家不让他那样做。

傍晚,开始下雨了,他们觉得即将到来的黑暗肯定能把她轰走,但是当仆人出来锁大门的时候,向外一望,她还坐在那里,保持着一模一样的姿势。第二天早上七点钟,我要主持婚礼仪式,这对年轻的新人当晚就要去爱丁堡了;我去他家时,看到梅格还在那儿坐着,盯着对面的窗户,紧握着双手。她看到我,尖声哭起来,并抓住我的手,希望我能回去,她哭得肝肠寸断。"噢!先生!还不行,还不行!他也许还会后悔的,想想还有个更真诚的新娘。"我为她悲伤,但仆人们在嘲笑这可怜的生病的傻瓜,我很气愤。

婚礼结束后,马车停在门口,新郎牵着新娘的手上了车。可怜的梅格看到了这一幕,从她坐的地方跳起来,像幽灵一样走到他身边,在他上马车时抓住他的手,可怜巴巴地看着他的脸,但什么也没说,大家都很悲伤。他把手抽回来,关上门,她站在那里,看着马车远去,就像被施了魔法似的。站在门边的人们都在和她说话,但她没有听见。最后她深深地叹了口气,眼泪涌上她的眼睛,她说:"那条虫子,那条虫子就是我漂亮的新郎,有很多脚的珍妮是我的女傧相。磨坊大坝下的水就是婚礼上的白葡萄酒,泥巴和土块就是我的床。我要用整个夜晚来举办婚礼,没有谁的婚礼比我的长。"她一边说,一边一阵风似的跑开了。仆人们在后面追,但没等他们抓住她,她已经跳进纺织厂大坝的最深处,终于获得了救赎。

在我们教区的这些日子里，几乎没有谁的死像这个可怜的傻东西一样,给大家带来如此多的悲伤。她仿佛是我们都很熟悉的家人,她所说的话里也蕴含着不少智慧,直到今天还被人们当成至理名言。

第三十九章　一七九八年

饥荒——卡杨先生想办法使伤害减轻——他好心接纳了一些爱尔兰难民——他女儿的婚姻

　　纵观我做主教的这些日子，这一年是最沉重的年份之一。春天迟迟不来，当春天来的时候，天气依然寒冷而潮湿；河道淤塞，道路肮脏，播种时节土地还没有变干，黏得像黏土和施肥用的粪。干活的人和牲口都增加了，大自然好像生了病，慵懒萧条，有经验的人都看得出，今年老百姓的希望恐怕要落空了。

　　预料到未来的不幸，我找教区里每一个有远见的人询问了意见，和他们商量为了即将到来的灾年应做哪些准备，我们还和卡杨先生谈了这件事，因为在商品管理方面他是很有才华的。考虑到他的暴脾气，我们都觉得他的反应很令人惊喜，他很耐心地听我们说完我们担心的理由，仔细询问了老农夫的经验，最后完全相信了播种时期这样的境况一定会带来低产。接着他说，他要证明自己是这个教区的好朋友,对教区的感情比大家想象的更深。因此,他后来亲口告诉我,当天晚上他就给在美国的亲戚写了信,拜托亲戚用他的账户买下所有能买到的小麦和面粉,用船运过来,在早秋时运到;与此同时,他买下了鲍尔蒂克周围村庄的大量的粮食储备,用两艘货船运到艾维尔,囤放在纺织厂的一个仓库里,准备在需要的时候救助教区的人。

事情如我们所料地发生了;土地歉收,卡杨先生从美国和鲍尔蒂克购买的货物正好在合适的季节运到,他狠狠赚了一笔,一船又一船的货物给他带来成千上万的财富——据他自己说,他相信在一个月的时间里,他挣的钱比苏格兰王国里任何时代的任何人一年挣的都要多。

——然而他说,如果他把家乡的玉米都买下来,他会挣得更多,但由于是我们说服了他,使他相信了饥荒即将到来,他认为作为一个诚实的人,他有责任从粮仓中留出一些给其他国家的灾民,这样他就效忠了自己的国家,将会获得丰厚的回报。简而言之,当他打开纺织厂仓库的大门时,我们都觉得他就是另一个约瑟夫,他先是慷慨地把粮食分发给穷人一部分,然后从容不迫地把其余的粮食卖给大部分人。然而,因为他拒绝为一些周边的教区服务,他们很气愤,称他为邪恶的敲诈犯和垄断者;但他让那些卑鄙且狭隘的人明白了,如果他不把分配的范围限定在我们教区的话,那么这件事就没有意义了。因此,尽管他的纺织厂给我们带来了很多财富，还在饥荒到来时提供充足的粮食给大家,他为我们教区的人民所做的贡献,超过任何一位继承者从始至终为教区的付出,他还是被大家谩骂;人们甚至不赞扬他慷慨的赠予,只是因为在把粮食卖给他们时,他获得了适中的利润。但也许他们的偏见部分来自对他的暴躁性格的不满,至少我希望是这样,因为如果人们真的不能认识到是他帮助大家减轻了压力,如果大家真的不知感恩,我会非常难过。

这一年,爱尔兰爆发了革命,这是另一个使我们苦恼的原因,因为他们当中的很多人逃到我们这里,他们穿着直筒裤,尤其是女士和孩子们，其中一些人因为走得匆忙,几乎没带什么钱,而且他们的健康状况不容乐观。四五个这样的家庭来到"十字钥匙",卡杨先生帮助他们的行为,可以成为所有人的榜样。他还记得美国革命时,他们一家人从弗吉尼亚逃到这里时的慌乱；因此他一听说爱尔兰难民的事,便立即带着妻子和女儿一起去拜访了他们,给他们钱,邀请他们去自己家,帮他们做计划,使他们振奋起来,其他的贵族则远远地站着,直到他们了解了这些陌生人。

在这些穷困潦倒的女士中，有一位带着两个女儿的戴斯蒙德女士,她的样子非常威严,看起来像是注定要掌管国家的人,而不只是家庭事务的主宰。两位戴斯蒙德小姐刚刚十岁出头,脸上的神情却也不一般;由于戴斯蒙德先生的缘故,这个家庭显得格外特别,因为他被认为是反叛者的同谋,大家都知道他的儿子参与了反叛者的阴谋;尽管其他忠诚派的爱尔兰女士们告诉了卡杨先生所有的事,他也没有表现出任何不同,相反,他的做法使人们觉得戴斯蒙德一家是所有难民中最应该受到礼遇的。对于我们这些观念保守而狭隘的领主来说,他的行为很令人诧异,因为在乡村,还没有见过卡杨先生这样没有严格政治信念的人,但他说他只在去军营和政府开会时才带着政治信念。"当我要去医院和监狱的时候,"他说,"我只带着做人的信念。"——这几乎是上帝的信条,从那次声明之后,卡杨先生和我又开始友善一些地相处了;尽管他对宗教的看法仍不完善,我想这是因为他生在美国,我听说直到现在,他们的美德也没有多少。

但在结束这一年之前,我要说一下爱尔兰人来访的结果,尽管那是在法国和平以后才发生的事了。

叛乱被镇压以后,戴斯蒙德先生和他的儿子逃到了法国,在那儿一·直待到条约签订,到那个时候,大夫人(人们都这样叫戴斯蒙德太太)和她的女儿们已经回到爱尔兰好几年,我们也没有一点她们的消息。其他的难民都满怀感激地还了卡杨先生钱,当他们重回家园时,更是对卡杨先生的善良千恩万谢；只有戴斯蒙德家保持沉默，看起来没有任何感激之情，卡杨先生对此大为恼火；他只要一听到有人提到爱尔兰叛乱，就会对反叛者勃然大怒，大家都知道这是那个家庭的忘恩负义造成的。后来，一天下午，离他吃晚饭的时间还有半个小时，一个有四匹马和骑马侍从的巨大的马车队在他家门口停下了，马车里坐着的正是戴斯蒙德太太和一位老年人，还有一位年轻人，看样子像是位勋爵。他们是她的丈夫和儿子。他们从爱尔兰一路赶来，就是要把卡杨先生以为已经丢了的钱，连本带息还给他，并要亲自表示，他对戴斯蒙德一家的恩情永不会被忘记。女士告诉他，她一直致力于帮助其他穷困的女士，没有能力还钱，直到她的丈夫戴斯蒙德回来；之前，只要没有麻烦发生，她选择先不解释不还钱的真正原因，她宁愿被怀疑成忘恩负义的人，也不愿做不合适的事情。

他们能再回来，这完全出乎卡杨先生的意料之外，因此他激动万分，两家人之间从此产生了深厚的友谊，后来年轻的戴斯蒙德先生和卡罗琳·卡杨小姐结婚了，两家的关系更进一步；教区的一些人反对他们的婚事，说戴斯蒙德太太是天主教徒；但卡罗琳已经接受了圣公会教育，我认为他们的理由无足轻重；在他们从爱尔兰带来家庭牧师之后，我宣布他们结为夫妇，两个家庭都善良且富有，两个年轻人不仅相配，而且理应得到夫妻间的所有幸福。

第四十章　一七九九年

我女儿的婚礼——她的丰厚嫁妆——马尔科姆夫人去世

只有两件事能让我想起这一年；第一件是我的女儿珍妮特与斯万平顿的吉特尔伍德牧师结婚，两位新人在各方面都很相配，在第三任巴尔惠德尔夫人的建议下，我为她存了一千英镑，如果我去世于我的妻子之前，还会再加五百英镑，如果我去世于我妻子之后，那么在她离世时再追加一千英镑；在我们附近的村镇，这是主教的女儿所获得的最丰厚的嫁妆。相应的，在这一年，我给我在格拉斯哥的儿子也增加了五百镑，——所有钱都归功于第二任巴尔惠德尔夫人的忙碌和勤奋，她的继任者考虑到我在她之前去世的情况，提出了一个小额的养老金计划，并称赞前任的天赋简直是个奇迹。

另一件令人难忘的事是马尔科姆夫人的死亡。如果这世上真有圣人的话，她就是一个。她已经有一段时间卧床不起,从开始守寡时,她便是一个温柔的女人;基督教给了她精神上的满足,这一点没有改变过。她以真诚的骄傲面对逆境,她在贫苦的日子里辛勤工作,虽然收入很少,但也怀着感恩之心。当她的第一个孩子在战争中死去,她向主低下顺从的头;当她的女儿们结婚,她也从不自满和虚荣,因为有人说,她的行为标准远远高于她所处的阶层,但他们后来的行为证明了那只是他们的常态。她活着看到她的第二个儿子成为一名船长,变得富有,结了婚,小家过得欣欣向荣;她非常满意的是,她能看到他的小儿子,神学博士,先是在我的讲坛上布道,而后被任命到一个比我们这里更富有的教区担任牧师。她在那天很可能会说:"主啊,让你的仆人平静地离开吧,我的眼睛已经看见了你的救赎。"

一段时间以来,见到她的人都明显地看出,她的人生即将走到尽头;我一直和她的两个女儿,玛卡达姆夫人和霍华德夫人保持着联系,我给她们写了信,详尽地介绍了她的情况,于是她们俩都回到了村庄。她们都是坐着自己的马车来的,因为玛卡达姆上校现在已经是一位将军,继承了他妈妈的兄弟的巨额财产;霍华德上尉,在他的父亲去世后,也成熟了很多,过着勋爵的生活。罗伯特·马尔科姆,她的船长儿子,当时在西印度群岛,我通知他们的时候,他和妻子马上就赶回来了,威廉也是一样。

他们都在下午四点左右到达,七点时,让我和巴尔惠德尔太太过去见他们,我们过去了,发现一些陌生人坐在圣洁的病人旁边。在我进去时她转过头来,看着我说:"请你们作证,先生,在世间所有的恩赐中,我获得了太多,我非常感恩。我年轻的心像被阳光照耀的叶子一样枯萎,但在我的孩子身上,因为我的痛苦和磨难已经得到了补偿。"然后,她请求我祈祷她说:"不,让它成为一种感恩。我的期限已到,我对这个世界的好与坏已经没有期望和恐惧,但还有很多事让我感恩;因此,先生,请感谢我度过的时光,善良给予了我很多,我感到这个世界像一双温柔的手,拂过我曾经的岁月。"

她这么说让人感到如此悦耳和安慰,虽然感动了所有在场的人,但他们的眼泪没有惯有的悲伤。因此,我跪了下来,做了她所需的。当我祈祷时,大家非常安静;结束后,我们的目光回到床上,发现她的精神在那时已经离开,只留下一具躯壳。

正如教区的人们所料,考虑到女儿们的巨大财富,人们都认为会有一场隆重的葬礼,并且霍华德夫人觉得这很必要;但她的姐姐从儿时起就对礼节有敏锐的洞察力,她说:"不,我母亲的最后一刻应该和她生前的生活方式一致。"因此,村里的每个受尊敬的人都受邀参加了葬礼;但贵族没有被邀请,与死者熟悉且时日不多的除外。但卡杨先生没有和我说就来了，虽然他个人并不了解马尔科姆夫人，但是他经常听人谈起她，说她是一位和蔼可亲的女人，所以他认为应当问候她不在本教区的家人，以表达我们教区对她的尊重；因为他有自己的做事方式，做他认为正确的事，不论别人会指责还是赞许。

葬礼虽然可敬，但朴实无华，而且女士们慷慨地分发了钱财给贫苦的家庭；但在他们离开之前，悄悄地发生了一件象征他们母亲的美德的事情，马上成为悲伤和快乐的源泉。马尔科姆夫人首先被玛卡达姆一家赡养，而后霍华德一家给她同等数额的养老金，因此她在晚年过着舒适的日子。在她最艰难的时候梅特兰市长借钱给她，但她在许多年以前就已经还清了市长的钱；他在破产的时候突发心脏病，此时早就去世了。从那之后他的遗孀和女儿处境艰难，但除了知晓一切的上帝之外，只有她知道这件事，马尔科姆太太时常把纸币放在空信封里，寄给她们，让年轻的女士们时不时地买件新礼服。她去世后，在她的遗物中发现一笔银行存款，是她自己的积蓄，上面用别针别着她自己写的纸条，说这笔钱超出了她的需要，它应该属于一直在赡养她的人，但是，他们并不愿意接受这笔小钱，因此如果他们把财产给梅特兰夫人和她的女儿，那这笔钱将会使她不被人们忘记，那就最好了；他们非常高兴地照做了，彰显了她的善良。

在我的教区年鉴中，与马尔科姆夫人有关的故事就这样结束了。她的房子被卖了，现在纺织厂工人派瑞弗雷先生住在那儿，还是一座整洁的房子，因为它的所有人是一个英格兰人，英格兰人对照看房子和修剪花园有着不同寻常的品位；但是，在它建成的时候，它曾是附近最好的房子，但现在只能算二等了。每年我们都会收到玛卡达姆太太和她妹妹各自寄来的五英镑钞票，给教区里贫苦的人，这使我们一直记着她们；但她们离我很远，使我很苦恼，我想这样的礼物总会中断。至于马尔科姆船长，他在许多方面已经证明了，他是我们教区出海的年轻人的朋友。他现在已经不再出海了，定居在伦敦，最近他又从伦敦起航，我想作为船主他一定非常激动。这些东西我认为都应该记录下来，现在我要继续我的历史叙事了。

第四十一章　一八○○年

重新倾向于政治平稳——学校女校长离世

今年全年都和去年同样的寂静和按部就班。虽然战争的轰鸣声从远处传来,我们却还是平静地播种、收获。纺织厂做得很成功,纺纱工和织布工头脑清醒了,这表明他们的政治混乱的危机已经结束;——男人们面对外界所做出的反应更加谨慎了;全世界的和谐音符正在向同一方向聚拢,在我看来这一点是显而易见的。法国大革命的火焰确实还没有熄灭,但显然已经距熄灭不远了;虽然他们只称路易十四为执政官, 但人们对君主曾经的尊敬又复兴起来。在国王斋戒日,我针对这件事进行了布道;当和平最终到来时,我的远见得到了证实,但这并没有什么值得炫耀的。我的寿命比我周围的大多数人长,我一直密切地观察着各个时代的迹象;这样, 我所谓的预言能力,也只不过是因为经验教会了我怎样辨别。

在教区事件中,最重要和值得一提的(因为我们没有经历特别的灾难)是许多老人们在春天去世。其中,作为女校长的萨布丽娜小姐,人生走到尽头,但相比她的前辈,我们现在可以更好地接受她的去世;因为在卡杨村有一个破产的制造商的妻子,是一位优秀的教师,也是一个上流社会的时尚女人,很会照顾孩子;并且萨布丽娜小姐的身体一直很虚弱(她从来没有强壮过),因此海关专员的遗孀,教区的本地人,一位体面且谨慎的妇人卡菲太太,帮她另谋了一份更轻松的工作。萨布丽娜小姐并不介意她的反对,但是对于皮恩小姐闯入卡杨村的事情很不高兴,而一些人说这也可能导致了她的死亡;——但关于这种说法,我不是很肯定,因为坦赞医生在冬天的时候就告诉过我,他认为三月的冷风会吹熄她人生的蜡烛,因为这支蜡烛已经快烧尽了;因此,就在那个月的二十五日,她与世长辞,那几天,的确刮起了寒冷刺骨的东风。

萨布丽娜小姐生前总是很古怪,穿着蹩脚而华丽,她死后人们发现她立了遗嘱,用正式的礼节将她的东西赠送给她喜爱的人。她赠了件长袍给一个人,有的人给件这个,有的人给件那个,赠给我的是一双黑色的长丝袜。当我听说这件事时非常震惊;但猜猜我当时的感受吧,一双没有弹力的丝袜,脚后跟打着补丁,腿上的部分也残缺不全了,给巴尔惠德尔太太做一副手套都不够,她的遗嘱执行人开普申律师就将这样一双丝袜给了我。但是除了这种假惺惺的恭维,萨布丽娜小姐还是个善良的人,她能引用很多诗文,比《圣经》的文字更流畅——她的父亲曾不遗余力地培养她的思想;至于她的身体,也是没办法的,但那不是她的错。

她去世后,教会进行了磋商,我们同意给萨布丽娜小姐多少薪水,就给卡菲夫人同样的数额;这激怒了卡杨先生,他认为这笔钱应该给女校长皮恩小姐;于是他自己掏腰包,给了皮恩小姐双倍的薪水;但是,我们认为,教区基金是为穷人设立的,所以,保证贫困儿童的教育是我们的职责。因此,关于这个话题以及这一年的情况,我没有什么可说的了。

第四十二章 一八〇一年

柯林·马维斯成为诗人

随着教区人口的增长,值得记录的事情会变得更少,这种现象很有意思,引起了我的思考。那些在过去会引发大家谈论和思考的事情,和过去的时光一样,都被人们遗忘了;在我任主教的第一阶段,也就是与美国的战争之前,探讨独特的人格曾经非常流行;现在人们已经不再有这样的追求;在我任职的第二阶段,也就是从建立纺织厂,而后形成卡杨村的日子里,我们也没有经历思想方面有创造力的变化。但在今天的时代,也就是从这一年开始的几年中,我们和从前一样,并非没有偶尔出现的独特人格,有些事件也有算得上"有创造性"。

几年以前,我注意到在劳尔莫尔先生的学校里,有个孩子和其他孩子一样长得又快又高,但却没什么活力,他也算不上笨,因为他很善于观察和思考,常常问一些非常睿智的问题;但他总是昏昏欲睡,尤其是在教堂的时候,

197

听一位老师说,他几乎什么课程也学不好,于是人们都觉得他将来会变成门外的流浪汉;当我一个人边散步边思考的时候,我有时会遇见他,他一个人在小河旁边的斜坡上坐着,有时候在阳光明媚的绿色草地上躺着,两手枕在头下面,不远处就是纺织厂的英格兰工程师建造的漂亮房子,他起名叫"奶山小屋"。这时候柯林·马维斯还是学校里的孩子,我和他说话时却惊讶地发现他的回答非常慎重,于是慢慢地,我开始觉得他身上有不为人知的一面,我也是这样告诉邻居们的。然而过了很长时间,他也没做出什么令人刮目相看的事情;他的寡妇母亲不知道该拿他怎么办,大家都同情她有这样一个沉重的负担。

然而后来,恰好纺织厂的一个文书被枪打碎了右手的大拇指;他不能再写字了,所以被送到军队做少尉。这样办公室里就空出来一个职位;在卡杨先生的帮助下,我让柯林·马维斯做了这份工作,令每个人大吃一惊的是,他用行动证明了自己是个非常能干和活跃的小伙子,一点一点地,他成了文书中的佼佼者,和雇主们私交甚密。

这使我感到非常满足,但他寡居母亲的反应仿佛和教区的其他人不太一样,她看起来很生气,因为可怜的柯林并没有像他们预料的那样证明自己的愚蠢。

柯林有很多方法来打发闲暇的时光,其中一个是弹奏乐器,据说他弹奏得非常熟练;但是因为他又高又瘦,身材纤弱,他应当控制自己做过多的娱乐活动;于是他全身心地投入到书籍中,从开始的读,逐渐到后来的写;但因为他总是在角落里写作,没有人欣赏过他的作品,直到这年的一天傍晚,他来到我的住所,想和我单独谈谈。我当时以为他可能遇到了某个姑娘,来问我关于婚礼的事情;但当只有我们两个在书房时,他从兜里拿出一本《苏格兰杂志》,说:"先生,您关注我比其他人都早,我一拿到这本书,就忍不住把它带来给您看。先生,您一定知道,很长时间以来我一直在偷偷地写诗,我希望其他人确定一下我在这方面的能力,所以我给《苏格兰杂志》寄了我写的两首三节诗,他们不但把诗刊登出来了,还放在了最中间的位置,我现在不知道怎么办才好。"我看了这份杂志,读了他的诗句,对于一个没有受过正规教育的人来说,写得的确很好。但就像格林诺克的行政官要求《克莱德》的作者约翰·威尔逊放弃艺术创作那样,我对他说,写诗是一件既亵渎神灵又无利可图的买卖,他最好把财富放在其他更加实在的事情上,他承诺会听我的话;但后来他出版了一本书,激怒了所有看好他的人。

就这样,伴随着全国发展的洪流,我们的教区昂首阔步地前进,现在我们还有了自己的作家,在古老而著名的文学界,获得了自己的文学特性。

第四十三章 一八〇二年

从个人的担忧中可以感受到世界政局的动荡——卡杨先生来问我的建议，并将我的建议付诸行动

我在学校学习写作时，在我的第一篇小文章里，写过一句道德格言"经验是傻瓜的老师"，从那时开始，我一直认为这句话里蕴含着明智的思考。诚然，时光就好像插上了翅膀，一年一年地从我们身边飞走了，我发现我的经验也逐渐成熟，洞察力也提高了；在人生的后半叶，根据我身边的社会所显示的症状，我已经可以预测到国王和国家将会怎样选择。因此，在这一年的初春时节，我心慌意乱，总之，在我们和法国人民之间坚实的基础之上，本应有一种稳定和谐的局面，但奇怪的是，我却为此感到非常不安。我的恐惧主要来自于权势阶层在培养与平民的关系方面所表现出的顺从；这种趋势是从什么时候开始的，在我看来，并没有一件明确且决定性的事件，因为在那个阶段，我每天都读报纸，但我感到一种普遍的恐惧感正在

萌芽,就像各种观点中发酵出的水蒸气;大多数有远见的人都认为,法国的状况非常滑稽和理想化,就像化了妆的演员,他们不可能得到世界的尊重,来保住盈利的政府。结果造成了人与人之间巨大的不信任,那些把自己的面包放进世界烤箱里的人们,感到辛酸痛苦,坐立不安;那些有能力供养家族的人,迫使在生意上依赖他们的人喝下一壶苦酒。

但这样的说法主要适用于卡杨村的制造商,我们住在河岸草地上的村庄里,更多地关注我们村庄里发生的自然事件,关注市场上的食物,而不是商品工艺的好坏。我们这里唯一对经商感兴趣的人,像以往一样沉着地迈着步子,尽管有时候人们会看到他大发雷霆,气得几乎要把牙齿咬碎,他就是卡杨先生。

然而,有一天,他到我的住所来了。"博士先生,"他说,他总是这样称呼我,"我需要你的建议。我以前从不会因为自己的私事麻烦别人,但有时一位真诚的男人的话,可以带来很多启发。我在美国宣布自己是个保皇主义者的时候,做出了多大的牺牲,我想这一点我不用向您解释了。但是关于这件事,我从没有抱怨过政府,但我的那些老熟人,我曾经愿意牺牲自己的利益来保全他们,可如果他们是这样不知感恩的话,那真是太他妈难以接受了。我是一步一步地离开的美国,我把一个商人的一大笔财产都带到了伦敦。作为回报，他们都为我的纺织厂出钱出力；现在我在经理的位置上，不但帮他们创造和积累了财富，当然，同时也增加了自己的财产。你相信吗？博士先生，他们给我写了一封信，说希望资助他们的一位亲戚，要求我从自己的财产中放弃一部分给他，一笔相当可观的钱，以别人的利益为代价。但我如果这样做的话，我就完蛋了。他们想资助自己的朋友，他们应该从自己的财产里拿钱啊，而不是牺牲我——你的意见呢？"

在我看来这件事非常重大，不能以商人交易的思路来思考，我一时不知道怎么回答。但我想了一会儿说："卡杨先生，根据我对这个世界的观察，我认为互相帮助可以平衡彼此；但当平衡打破时，失败的一方一定存在道德上的缺陷。如果一个人一直为雇主劳动，并因此获得报酬，那么可以说两个人是平等的，但其实并不是真的平等。因为人的天性善变；和雇员相比，雇主一直处于力量的上峰，那么我认为事实就非常明显了，在这些年里，老仆人的主人应当在两个人中负主要责任；因此，我认为，首先，在道德层面，没有什么能够约束你，或者命令你，听从安排，向你在伦敦的友人们屈服；但从这件事情来看，他们也有一定道理，因此你应该请求他们的帮助——那么我给你的建议是这样的，给他们写一封回信，告诉他们你不反对新的合作者加入，但你认为应该更新合作关系，考虑到你为生意所做的贡献之巨大，你认为你在生意中所占的份额应该有显著提高。"

我想卡杨先生听到我的建议就快要高兴地跳起来了，作为一个行动派，他坐下来，回了这封让他不安的信件。在后来的一段时间，我一直没有听到这件事情的消息；一个月以后，他得到消息，说在这个时候改变公司格局并非明智之举。我想他收到这封信时一定如释重负。他立刻驾着马车，从他在纺织厂的办公室来到我家，用一些可怕的名字发誓说，我是所罗门一样的大智者。但我提起这件事情，只是要表明经验教会了我很多，由于我深知政府与国家事务的不确定性，我成了朋友们老谋深算的军师，这样的事世界各处都在发生。

除了这件事情以外，我还注意到另一个改变正在发生——人们读书多了，唤醒了思考和推理的精神，比我记忆中的任何时候都明显。在卡杨村的漂亮书店里，不仅有《伦敦日报》，还有杂志、评论集，以及很多新的出版物。

在这一年之前，我们如果需要马车，还得到艾维尔去；但是"十字钥匙"的陶迪先生在格拉斯哥买了一辆精美的二手马车，卖家是位破产的商人，从那时起，我们有自己的马车了；结果证明有马车真是太方便了，我在这之前只租过两次这样的马车，但那一个夏天就租了三次，和巴尔惠德尔夫人一起短途旅行，去四处看看有趣的人和事，很多都是我以前没有见过的，极大地增长了我的见识；的确，我一直很爱旅行，因为那是打开人的思维能力的最好办法之一，使我们对人和事都有更加清醒和正确的观念。

第四十四章　一八〇三年

对侵略的恐惧——教区里招募志愿者——年轻的姑娘们为军队绣了一面彩色旗帜

一七九三年法国国王被刽子手处决，从此国家进入了暴乱时期，我周围的人们也在政治上产生了分歧，这使我感到不安。纺织厂的群众，还有卡杨村的穆斯林织布工，都被激进共和主义折磨着，但村庄里的人仍然坚定地相信国王和国家；而一些继承人想在他们之中找一些年轻的男性志愿者，以防发生像法国那样拥护生产商的动乱。但当时我是反对这种做法的，因为我预见到法国的事情只是一次马上会退去的狂热，但如果把一些人武装起来，去防范他们的邻居，没人知道结果会怎样，虽然那也是一种执行政策的方式。

但当拿破仑的军队聚集在英国海岸，伦敦政府开始担心自己的性命，害怕被侵略，全国人民都意识到危险来临了，我也没有退缩，向我的人民吹响了战争的号角。然而，一时间我们有一些不自信。士绅不信任制造商，农民也狂乱而急躁，他们当中本应作为领导的人也没有站出来。了解到这种情况以后，我为此专门准备了一次布道，在布道之前的安息日亲自通知大家，我将会在下一个安息日里以宗教和政治为主题，讲解公共事务当前的状况。这吸引了各阶层的教众。

我相信那天的教众听到我在讲坛上的布道后都难以平静，我的话影响巨大且收效迅速，因为第二天早上织布工和纺织厂的工人召开了会议，按照他们惯有的方式，他们联合起来组建委员会，拟定了一些决议，挑选和任命一些人，负责在教区的年轻人里招募一些愿意保卫国王和国家的志愿者；在委员会的组建方面，为了与其中被提名的绅士保持一致，绅士将会成为指挥官，这也是很容易被理解的。整个事件的管理都保持着高度的谨慎，织布工、纺纱工和农民互相竞争，争当第一。但是，这其中最让我感到惊讶的是委员会在任命指挥官时所表现出的睿智。我自己不可能有更好的选择了，因为他们有教区最好的体格，最好的教育，最好的性情。总之，当我看到人民如此勇敢，在我的引导下迸发出智慧的精神，我在心里说，主与我们同在，敌人不会胜利。

当时我们国家勇士的数量如此之大，他们都愿意团结在国家旗帜之下，以至于政府无法接收全部提出申请的人;所以,和其他教区一样,我们必须进行筛选,筛选通过最明智的方式进行,符合年龄条件的全部男性都要留在教区作为储备力量,等待有朝一日前往英格兰,与敌人战斗。

当军队组建起来,军官任命完成,他们让我做他们的专职牧师,马力古德博士是他们的医生。他是一个身材矮小的大肚子男人,像一只活泼的矮脚公鸡;因此,尽管和坦赞先生相比,人们觉得他做战地医生可能并不是非常胜任,但还是任命他来做这项工作,他在能力方面虽没有名气,但坦赞先生性格呆板,脾气暴躁,不受人喜爱。

一切就绪,教区的年轻女士们亲手绣了一面彩色的旗帜,要送给军队,赠送仪式的日子定下来了。达尔美令教区从来没有过这样的日子。明亮的太阳照耀着这勇敢和壮丽的场景,远远近近的人们蜂拥而至,我们从埃尔的军营请来了士兵乐团。第一个音符响起,我花白的头发竖起来了,血压也开始攀升,好像青春重新回到我的血液中。

休·蒙哥马利爵士是指挥官,他带着战争的荣耀,骑在他最好的马上,走在行军队伍的最前面。考虑到我的年龄和医生的肥胖,不能像军队里的其他人走得那么快,我们俩走在队伍的后面。走到场地以后,我们换到了前面,站在休爵士的旁边,离拿着五彩军旗的女士们很近;休爵士按照军队的惯例向军队发表了讲话,然后玛利亚·蒙哥马利小姐,她的妹妹伊丽莎小姐,以及其他的女士们走上前来,旗帜被展开,国王纹章迎风招展,闪着金色的光芒。玛利亚小姐随后发表了讲话,她已经把演讲词背下来了,但她当时太激动,据说忘了演讲词中最精彩的部分;尽管如此,人们还是觉得她讲得很不错。当这些结束,我走上前去,把我的帽子放在地面上,然后所有的男人都脱下帽子,我开始祈祷,这是我最认真准备的一段祈祷词,我认为也是我设计的最恰如其分的祈祷,符合基督教反对流血的原则;并且我特别思考了我们当前的特殊处境。

当我讲话结束,志愿者发出了三声呐喊,群众以相同的音调回应,所有乐器响起,演出开始,壮观的景象无与伦比,当时的报纸用一篇长而详细的文章报道了此事。

只听一声令下,志愿者向我们展示了他们与法国作战的方式,但在此过程中发生了一场灾难;装刺刀的时候,他们洪水般地向我们涌来,所有的观众都跑了,我跑了,医生也跑了,但他受大肚子的拖累,跑得不够快,于是他在我前面摔倒了,我跌倒在他身上,一阵大笑在周围响起来,我从没听过那么大的笑声。

当一天的劳累结束,我们走进纺织厂,在一间仓库中摆着一张巨大的桌子,上面放着晚餐,是卡杨先生出钱,"十字钥匙"做好送过来的,军队的将士和周围的绅士都开心地吃起来,美妙的音乐一直在空中飘荡。晚上,有一场规模巨大的舞会,贵族绅士和出身卑微的人们欢聚一堂。对我来说,这些并没有什么可奇怪的,上帝让我们的精神连接在一起,共同保卫国家;但我一直没有说,以免引起使大家放松警惕的效果。我还应该提到,柯林·马维斯,我在另一部分谈到的诗人小伙子,他根据此情此景写了一首歌,这是对勇敢精神的鼓励,也激起了所有听过这首歌的人的共鸣。

第四十五章　一八〇四年

教会同意宗教审裁可以通过罚款获得减刑——卡杨先生收到一只海龟，这样我们教区都有幸看到了海龟——对罗马天主教的恐惧——对普世救赎的传教士的恐惧——有报道说一艘法国的船出现在西部，志愿军开始行动。

为了跟上时代的步伐，这一年教会与我达成了共识，我们不应该继续按传统对宗教审裁有罪的人进行惩罚；但我们并没有正式发布此决议，希望尽可能长地保持组织对年轻人和轻率的人的惩戒作用。我们的目标，一方面，是卡杨村制造商的目无法纪，他们虽没有违背真理，但不信仰任何宗教；另一方面，希望维持主教和长老们的劝诫和监管的古老权力。因此，我们内部定下规矩，即，卡杨村的居民如果违反规定，我们应以罚款的形式严加惩治；但是，对于农民青年，我们会让他自己选择，要支付罚款还是在教会罚站。

另一件与时俱进的事情是，我们同意偶尔在私人住宅施浸礼。迄今为止对我而言站在讲坛施浸礼是必须严守的规矩。然而，在其他地方，人们早已经放松了这条古老纪律。

但在我看来，我并不会因为没有这样做而感到悔恨；因为我认为，长老会原则应该一直被完整地保留。但是，看见长者的改变，我开始质疑自己的判断，并强迫自己去思考和权衡；因为他们是正直、神圣且虔诚的人，在和继承人的争论中，他们经常不惜牺牲自己眼前的福利，始终站在穷人一边。

我现在注意到一件奇怪的事，不是考虑到其重要性，而是觉得这件事表明了我们教区与地球最远处都已经有了通信往来。一位格拉斯哥商人送给卡杨先生一只海龟，它来到维特瑞格斯的住处时还是活的，是我们乡村里出现过的最不一般的野生动物。它和一头精心喂养的小牛一样重，在它的身体里有鱼、肉和禽三种肉，它有四只划水的翅膀，说它们是鳍恐怕不太合适；但关于这种生物有一个传奇故事，当它的头被切掉后，如果向它伸出一根手指，它会张开嘴咬住，而这一切都发生在尸体被分割之后。

于是卡杨先生邀请周围的绅士们来参加盛宴，我也被邀请了，当我们吃乌龟时喝了酸橙潘趣酒，我想这种吃法在格拉斯哥的西印度商人中很流行，这些商人因为吃乌龟和喝酸橙潘趣酒而著名。但这是一种我不会常吃的食物。第二天我感觉不太舒服；我听说，吃太多会有心脏硬化的趋势，并且让你对更奢侈的食物产生渴望。

但是乌龟的故事与下面这件事相比就没什么分量了，所有虚伪和可憎被一个叫奥格雷迪神父的爱尔兰牧师带到卡杨村来，一些住在新房子和纺织厂附近的爱尔兰劳工受到蒙蔽，尊他为忏悔者。他到底是怎样厚颜无耻地在我的教区内设立纪念撒旦的十字架，我一直没能查个水落石出；下一个周一，有一位长者来到我的住处，并告诉我，在前一个安息日，七头十角的罗马天主教恶魔，在卡杨村大获全胜！我的灵魂为此而颤抖。我一刻也不敢耽搁，马上召开会议，讨论对策；然而，出乎我意料的是，长者建议不采取措施，我们应该更加热忱地宣扬基督教的美德，这样便能使恶魔和他的信徒羞愧难当，落荒而逃。我承认在当时，我认为这不是他们能提出的最好建议；当时我惊慌失措，想要冲进敌人的大本营攻击一番。但是，他们谨慎地观察到，宗教迫害的日子已经过去，在法国共和党人把无宗教的人都遣送到国外之后，我们欣慰地看到人们开始珍视各种信仰；对这种观点，多年以来我一直在品味其中的智慧，我自己也发生了一些改变。

不过还算幸运，我心态平和，最终在卡杨村也只出现了五个罗马天主教徒；奥格雷迪神父不能继续在这谋生了，于是把他画着处女玛利亚、圣徒和其他神的图画装进旅行箱里，并在一天早上从埃尔回到了格拉斯哥，我听说他在那座大城市受到了无知而盲目的居民的鼓励，这也是意料之内的事。

我们还没有完全摆脱奥格雷迪神父的时候，另一个闯入者进入了教区。教会认为，他比罗马教皇本人更危险；因为他来传播臭名昭著的普世救赎的异端邪说，它的信条极大地安慰了那些不愿忏悔的罪人，他们喜欢将罪孽大声唱出来，就好像喜欢舌头下面的糖一样。马丁·斯孚特威尔先生是最后一位长者，他接受了自由的正统教育，而且拥有与生俱来的敏捷洞察力，他注意到，当说起这个新的教义时，那些荒唐的天主教罪人在购买了教皇的赦免后，仍可能会恐惧和不安，并会因此而救赎自己的生活；但是，普遍救赎的教义收买人心，它鼓励人们去犯罪，根据它的说法，邪恶的人类只在这几千年里负有责任，与永恒相比，只不过是一时的痛苦，就像牙痛时拔牙一样。在神学方面斯孚特威尔先生精明且头脑清醒，我很信任他所说的，在我的老年时期，已经没有了在我年轻时候应对麻烦事的争辩调查的头脑，尤其不像我在格拉斯哥的神学院学习的时候。

从我所有的记录可以看出，在今年，宗教情感普遍复苏了;我的教区发生的事情,是世界其他地区的一个典型例证和索引。然而,我们还有一件难忘的事;因为虽然既没有死亡,也没有发生流血事件,但是它使大家对两者都产生了恐惧。

有谣言从克莱德传过来,一个法国士兵曾经出现在高地湖,格林诺克的全部志愿兵都登上商船,想把他抓回来领赏。我们的志愿者只是又跳又叫,像被拴住的狗;但是休上校没有上级命令是不会行动的。虽然卡杨先生上了年纪,已经快七十岁了,但还像狮子一样英勇,他穿上一身美国老猎人的装扮, 就像我之前说过的话剧中的罗宾汉一样;看到这位虚弱的老人迈着纤细颤抖的双腿,努力前行,也会觉得只是个玩笑而已。但是结果发现谣言不实,大家虚惊一场,而我们的人听到这个消息,也很高兴自己睡在自家温暖的床上,而不是像英勇的格林诺克神枪手那样躺在锚索之下。

第四十六章　一八〇五年

削减葬礼的奢侈开销——我略施小计，使第二轮服务过时

有那么一段时间我曾计划在教区改革，今年我把改革提上日程。我看到由于人们对死亡的错误的敬畏感，他们经常会竭尽全力的准备葬礼，并提供圆面包、糖饼干、酒和其他甜点，好像这些不是他们用双手辛苦挣来的一样；这使许多贫困家庭雪上加霜，上帝为我们安排的命数仿佛不再是自然而然的，而是一场深重的灾难。因此，在询问了拥有最明智的判断的巴尔惠德尔夫人的意见后，我们认为我应该出面干预此事，以减轻罪恶。因此，我建议那些失去了朋友的人，不要像从前那样做那么大规模的准备，也不要像以前那样只要有人拿就一直不停地分发食物，最多分发三轮就足够了。很多人反对我的建议，好像这种做法会被认为是吝啬的表现；但我坚定地告诉他们，如果他们不听我的建议，我会站出来斥责他们并禁止浪费行为的发生。于是在葬礼上分发三次食物成了上限。后来人们一直遵从这个习惯,但这只是我希望做成的事情的一部分。

我认为,最好的改革是一步一步进行的,并在改革的规则被大家普遍接受时停止;所以我管理好自己,因此没有做过多的干扰;但我决定要树立一个榜样。因此,在下一场葬礼上,在我享受完一轮食物后,我给服务人员鞠了一躬,于是他们也给我鞠了一躬,这些都发生在我享受第二轮服务之前;然而,我后面的一些人模仿了我的行为,这让我预见到,用这样一种精明的方式,我可以引领一种只享受一轮就心满意足的新风尚。因此,从那时起,我总是选择离门口近的位置,可以离死者的主要亲属近一些,在第二轮服务开始时,点头示意不需要了,这种做法目前已成为大家的习惯,对那些仍然活着的死者亲属大有益处。

但在这场改革中,我对我们的诗人不是很满意;因为他对我的努力有些偏见,并把它创作成歌曲,在他的诗中,他让一个鼓噪的老妇人来谈论此事,于是把一件非常严肃的事情变成了一个笑话。当他带着他的诗来读给我听时,我告诉他,我认为这首诗非常普通;因为我无法找到另一个词来表达我的不满;但巴尔惠德尔夫人说,如果它被发表,可能会对我的计划有所帮助,所以我听从了她的建议，从劳尔莫尔先生那里找了几个写字最漂亮的学生抄写和分发这首诗，结果效果非常明显。但在下一场葬礼上发生了一件令人恼火的事。第二轮服务开始，人们点头示意不需要时，我可以看到葬礼上的气氛失去了控制，有些无礼的年轻人甚至低声笑起来，这使我极其恼火。但巴尔惠德尔太太安慰我说，人们会慢慢熟悉这种习惯，这件事也会慢慢过去，直到每一场葬礼都只提供一轮服务；结果真的是这样，现在只有两轮服务了，第二轮是习惯性地点头。

第四十七章 一八〇六年

卡杨先生临终时的做法——教会分裂，集资建设会议厅

　　维特瑞格的卡杨先生这几年身体越来越弱，一方面是由于他脾气暴躁，常常怒火中烧，另一方面是由于他的确已经老了，他在这年三月第一个安息日的傍晚派人来请我。接到消息后我很惊讶，立即去了维特瑞格的房子，我穿过庭院走向房门，在窗户的光亮中，看到一些不一般的景象。皮肤黝黑的仆人桑博打开门，他没说话，只是摇头；他是个有情义的人，喜爱他的主人，把主人当自己的父亲来看待。于是我猜测老绅士就快走到人生的尽头了，我轻轻地跟在桑博后面走上楼梯，来到卡杨先生的卧室，他现在只能在房间里活动，通常只能坐着。他的妻子几年前就去世了。

　　卡杨先生坐在安乐椅上，头上戴着一顶白色的棉帽子，肩膀后面垫了一个枕头，以帮助他坐直。但他的头在

胸前耷拉着,喘气的声音像婴儿一样。他的双腿都肿了,脚放在一只脚凳上。他的脸以前经常是牡丹花般的神采奕奕,而现在脸色很黄,两颊各有一片红色,像两块薄饼,鼻子尖尖的,呈现出不自然的紫色。很明显,死神正在和人的本能斗争,他们都想掌控他的身体。我在旁边坐下,对自己说:"上天怜悯他的灵魂。"

我坐了一段时间,他用尽全力把头抬起来,歪在肩膀上,用眼角余光看着我,眼睛里闪闪发光。"博士,"我并没有博士学位,但他总是叫我博士,"见到你太高兴了。"他很费力地说。"你感觉怎么样?"我用同情的语气回答。"太他妈糟糕了。"他说,就好像我是他受苦的原因一样。听他说出这样顽固不化的话来,我觉得很丧气;停了一会儿,我又开始和他交谈,我说希望他很快就会舒服一些,他要记住上帝会拯救那些他爱的臣民。

"恶魔才会接受这样的爱,"他可怕的回答给了我当头一棒。然而,我决心要行使自己的职责,帮助这可怜的罪人说出他应该说的话。于是,我弯下腰,身体凑向他那边,两只手放在膝盖上,用同情的语气说:"先生,你的确在承受巨大的痛苦,但上帝的善意没有边界。"

"博士,如果我相信这些话,那我一定会被诅咒。"这个垂死的庸俗异教徒回答。但是他继续断断续续地说着,他气喘吁吁,还常常打嗝,整个人都在痛苦中,"但我不是圣人,这你是清楚的,博士;所以我希望你帮我加上一句话,博士;你知道这些日子,博士,每个好人在死的时候都必须是基督徒。"

这段话表明了他的灵魂状况,很糟糕,但我很清楚,在他这样奄奄一息的情况下,我无法和他进行宗教方面的交谈或辩论;于是我跪下来,真诚地为他祈祷,我祈求上帝,看看这个将死的人,您的仆人,他的良知正在觉醒,但惩罚的手正沉重地落在他已经老去的躯体上;这时卡杨先生大叫道:"不能这样说,博士;你知道我不能说自己是他的仆人。"就好像上帝的手已经从他身上拿开了。

有没有哪个正在死去的罪人这样打断过正在为他祈祷的主教!然而,我身上肩负的职责很重,我没有回答他,继续说,"主啊!你听到了!他已经坦白了自己的无知——因此,您不要保留自己的同情,向他证实我所说的话吧,善良无边,您温柔的怜悯会降临在无数人身上。"接着,我坐下来,很镇定,但很悲伤,过了一会儿,仿佛我的祈祷被主听到了,罪人得到了解脱;卡杨先生抬起头,用奇怪的表情看着我,说:"祈求的最后一部分,博士,说得很好,我也觉得上帝显灵了,我现在舒服多了,"——他继续说,"我,毫无疑问,博士,在世上做了很多错事,很多时候,我本意是要做好事;但我心里并不想伤害任何人,上帝是我的法官,您说过,他的善良如此伟大,他也许能带走我的灵魂。"卡杨先生说着说着,头又耷拉在胸前,呼吸停止了,他像个无辜的孩子一样,从这个世界飘走了,没有带走一点烦恼。

很快,这件事情导致了我们的变化。在处理卡杨先生在纺织厂的事务时,我们发现他留下了如此巨大的一笔财富,我们需要用心处置他的遗产,遵照他的遗嘱,将钱留给一些实干者,并引进一些新的合伙人。于是斯贝克先生来到我们教区,他获得了卡杨先生遗产的一部分份额。他住在了维特瑞格的房子里,也将庭院据为己有。尽管斯贝克先生比他的前任健谈得多,在生意上似乎很可信,但公司在他手上并没有继续蓬勃发展。有些人说这是因为他揽下来的事情太多;还有人觉得这主要是当时的大环境所致;然而我认为,两者兼而有之;但是这应该算是另一年的事情了。同时,我还要提到,在这一年里,我经历了一次严峻的考验;在这里我要详尽地记录下这件事情——事情的结果我会在后面提到。

自从有居民定居在纺织厂附近的卡杨村,老百姓们不太适应这样的叫法,现在改称它为开纳尔,这个教区已经汇聚了各种信仰的织布工,他们当中的一些人对我所讲的福音表示不满,努力地在我的行为和语言中寻找漏洞;他们开始商议建一个自己的教会,找一个自己的主教,让福音更适合他们无知的幻想。第一次提到这件事时,我感到非常担心和困扰;在下一个安息日,我在讲坛上苦口婆心地批评了这种正在逐渐发展起来的华而不实的教义;结果不但没有达到我的布道通常有的效果,反而激怒了这些精通神学的织布工,下一个周一,他们就任命了委员会,打算通过捐献的方式集资建造一座会议厅;这是他们第一次公然集体反抗教会;他们做事非常狡猾,法国大革命正是靠这种异教徒雅各宾派思想,极其狡诈地腐蚀了我们过去真诚而朴素的民风。过了很短的一段时间,开纳尔的人们就募捐了很大一笔钱,并且引诱我的很多人民去和他们搞宗教分裂,这样他们就能参与教会的建设;然而,直到第二年地基才打好,但接下来的事情使我如坐针毡,因为他们公然反抗我的权威,民众对牧师本应表示忠诚,但他们却轻蔑地忽视我。

圣诞节那天,大风刮断了我们伊甸园里一棵梨树的主干,我很难过,不仅是因为所带来的损失,更多的是因为这是一个不好的征兆,预示着教会正受到分裂的威胁,但在附近的乡村里,这棵树上结的梨子是汁水最多的。

第四十八章 一八〇七年

很多场婚礼——一场为了开店而需要付费的婚礼

从很多方面来看，这一年都是令人满足的一年，这一年结婚的年轻人比之前十年中的任何一年都要多。他们的父母大多是美国战争结束的时候结婚的；我很高兴地看到善行的传承，因为我认为婚姻就像大家所公认的那样，是一种职责，是一条神圣的法令，可以增加人口，而现在的世界正在想方设法阻碍它的发生。

在这一年，我明显地看到很多人的灵魂都获得了新生，人们重新认识了实用主义、宗教生活，甚至世俗事务：我相信，对于一些人来说，这不仅仅是由于谨慎，而的确是美德的诞生；或许这是因为法国大革命已经有了结果，大家都满意地看到喧嚣和反抗不过是纠正错误的一种邪恶方式，或者是由于这群不守规矩的年轻人，也就是我刚才说到的美国战争之后结婚的一批人的孩子，已经抛弃了罪恶,清醒过来,开始用全新的眼光观察世界,我也说不好原因到底是哪一个。当我看到几个从前随心所欲胡作非为的小伙子,变得冷静严肃,带着他们的妻子来到教堂,用标准的礼仪组建家庭,作为他们的主教,我感到深受启迪。

但我老了, 不像以前那样可以经常到我的人民中间去,于是我不再经常参与他们的活动和宴会,不论是孩子出生、婚礼还是葬礼。然而我听说,他们还在践行着我定的规矩,在仪式的最后赐福,劝诫新郎和新娘,将他们因为开心而颤抖的手拉在一起。但是有一次,我理所应当地破了例,虽然我已经老了,身体非常虚弱,我还是去参加了蒂比·贝恩斯的婚礼,因为她父亲曾为我们教会做出了很大贡献,她也在我的住所做佣人。巴尔惠德尔夫人和我一起去了,因为她很喜欢我的人民的诙谐幽默;最重要的是,这是一场付钱的婚礼,所付的钱会用于帮新郎开一家商店。

当然,婚礼上有很多不同教派的人,他们出身低微,但都温文尔雅,婚礼上有两把小提琴,一把低音提琴,还有志愿军的横笛以及大鼓,宴会本身充满了欢乐的气氛,晚饭也不一般地丰盛。上年纪的乡下人看见年轻舞者,高兴地咯咯笑起来;老妇人端坐在那,像五月的青蛙一样一本正经,她们的披肩用别针固定在两边,露出了里面的穆斯林手帕。但晚宴之后,喝了一瓶宾治酒,他们的脚后跟展示出他们真正的性格,老奶奶旋转着跳起舞来,她们举起手臂,仿佛在用两块石头纺纱。我和柯林·马维斯说,婚宴是一个诗人要思考的最好的主题,很快他就以此为题创作出一首出色的叙事诗,他计划和其他几首小诗一起送到出版社发表出来;我坚信,信奉自由的,有辨识力的公众会鼓励他,因为那是另一种才华结出的果实,没有了它,没有人还能说得清什么才是作家与生俱来的能力。

第四十九章 一八〇八年

纺织厂的经营者斯贝克先生生意失败——一位监察人和他的妻子的悲惨结局

从国王登上宝座开始,我们经历了一场又一场战争,并且这些战争离我们的家乡越来越近, 这的确很令人恐慌。国王刚刚上任时,我们没有遭受过什么痛苦。教区里没有一个人打过仗, 因为当时主要靠口口相传的方式传递信息,因此胜利的消息传到我们教区时,已经是古老的故事了。我已经详尽地介绍了美国战争时的情况,我们当中有人直接参与其中, 但是也只有几个人遭受了一些苦难,并且罪行发生在千里之外,等消息传来,最坏的事情也已经过去了。

为了那些我们珍视的东西,我们展开了正义和必要的斗争, 第一阶段的斗争尽管有很多焦躁不安的年轻人参与,我们开始对基督教世界的其他地区产生影响;在家乡,我们也获得了财富的巨大增长,一切都在以令人惊讶的速度蓬勃发展;但是,我们这里的朴素生活却在一定程度上受到了伤害。伴随着纺织厂的落成,卡杨村的兴起,我们越来越关注贸易,我们成了商业互惠这张大网的一环,虽然身在世界的角落里,但这张网的任何一个部分被碰触和拨弄时,我们都能感受得到。下面我将叙述这种现象产生的结果。

纺织厂不再像以前一样赚钱了,很多谣言被传播开来;人们都知道,拿破仑是撒旦的爪牙,他痛恨我们的成功,于是他带着最邪恶的目的,采取最邪恶的手段,企图摧毁我们的国家,他的魔咒在这一年开始显现出可怕的效果。

这段时间,人们发现纺织厂的斯贝克先生经常去格拉斯哥,有时还会去伦敦,邻居们开始猜测,是什么原因让他像脚上装了轮子一样不住地东跑西颠。清醒的人说这不是什么好兆头;人们都觉得他的脑海中充满了匆忙和混乱,这预示着我们的好运气要变了。最终,期限已到,孩子降生了。

在一个星期六的晚上,斯贝克先生很晚才从格拉斯哥回来;在安息日,他和家人一起出现在教堂里,看起来像已经完全改变了生活方式似的;星期一,纺纱工去工厂的时候,被告知工厂无法继续支付人家工资了。这简直是晴天霹雳,因为这意味着几千人口中的面包瞬间被人抢走了。那场面简直无法形容,纺纱工、织布工和他们的妻子、孩子们一起，一群一群地站在路旁，他们的神态和说话的样子就像失去了亲爱的朋友或父母。我无法忍受这样的场景，于是我把自己关在自己的小房间里，祈祷上帝能使这场灾难减轻一些，因为看起来补救这场灾难已经超越了人类的能力范围；面对一整个村子的突然丢了饭碗的人，我们教区的基金也无能为力。

但在傍晚时，我鼓起勇气，召集长老们来我的住所，和他们商议对策，因为我们都知道，这些灾民已经没有办法生存下去了；但我们集中起来所做的判断什么也决定不了；于是我们决定不再怀疑，上帝既然带来了黑夜，我们必将在上帝亲切和蔼的时候迎来白天，于是我们决定耐心等待，后来果然如我们所料。他们中的一些人经历过这样的变迁，立即收拾行李，急匆匆地赶往格拉斯哥或佩斯利，去寻找新的工作了；但还有一些人看到斯贝克先生还怀着希望，他们也相信还有转机，于是他们徘徊不前，必然经受苦难的折磨。然而，过了一段时间以后，人们发现工厂已经毁了，为了还债主钱，厂房也已经卖掉了，买它的是一家格拉斯哥的工厂，它以很便宜的价格把工厂买下来，经营得很好，一直到现在，于是这间工厂又成了我们村庄的财富；然而当工厂停工的时候，我们发现，即便是巨大的商业财富，也不过是转瞬即逝的商品；从那以后，不论是在面对公众的讲话时，还是在私下的闲谈里，我都会建议工人们存些钱，以防万一；我向他们证明了，通过精打细算一分一厘的财产，他们可以获得很大的收益，并且他们就可以在需要钱的时候获得帮助了。他们遵从了我的建议，建起了一家储蓄银行，这下很多勤劳的家庭都能高枕无忧了。

对于这场有关斯贝克先生以及纺织厂的灾难，我现在还没有描述完，我还要谈到灾难导致的一件悲伤的事。有一位名叫达威宁先生的监察员，他是从曼彻斯特来的英格兰人，曾经在那过着富裕的日子，据说他曾经拥有很多财富，有一家和卡杨村的工厂一样的大工厂。他肯定不是普通百姓，他的妻子也在各方面都堪称一位淑女；但他们始终自给自足地生活着，拒绝了所有形式的社交，把全部的精力都投入到他的两个小儿子身上，他们两个看起来的确比我们村子里的孩子们更有教养。

工厂倒闭以后，人们看到达威宁先生格外忧虑，因为他的工资就是他的一切；但他什么也没说，若有所思地回了家。几天以后，人们看到他一个人迈着缓慢的步子走着，脸色苍白，眼窝深陷——这些都证明了他内心的痛苦。不久以后，他失踪了，再也没有人见过他。但是他家的人门敞开着，两个可爱的男孩子像往常一样在门前的草地上欢蹦乱跳。他们在那儿的时候，我恰好经过，我问他们他们的爸爸妈妈怎么样了。他们说爸爸妈妈还在睡觉，总也不醒,天真的孩子们拉着我的手,让我去叫醒他们的父母。我不知道屋里面有什么,但我全身颤抖着,被两个孩子领进屋,就好像我没有力气拒绝。我永远也忘不了在床上看到的一幕。

我在桌子上发现了一封信;然后我带着两个咿咿呀呀的可爱孤儿走了,回身锁上门。我把他们交给了巴尔惠德尔夫人,忍不住一边摇头一边流泪,她吓坏了,但什么也没说。我读了这封信。信上说把孩子们送到他们的叔叔、伦敦的一位绅士那里去。啊!这真是个可怕的故事,但它已经包了裹尸布,盖上了泥土。我叫来了两位长者。我描述了我看到的。我们找了两具棺材,把尸体放了进去;第二天,我两只手各领着一个没有父母的孩子,跟着棺材到了墓地,他们被埋葬在未被命名的婴儿们中间。我们不敢再擅自决定做更多的事,几乎没有人知道原因,有人觉得可能是因为死者是没有固定住所的陌生人。

我自己花钱给两个漂亮的孩子穿上了最好的丧服,在我收到他们的叔叔的消息之前,我打算让他们留在我的住所,于是我把他们父亲的信寄给了他们的叔叔。这封信使他痛彻心扉,他马上从伦敦赶来,亲自带走了两个孩子。得知这是他们的叔叔时,两个漂亮的孩子跑到他的怀里,抱怨着他们的爸爸妈妈已经睡了这么久,总也不醒过来,我看到他的表情是多么地为难。

第五十章　一八〇九年

会议厅的落成——长老们来到我的住所，给我带来
一个助手

想到后来这些天发生的事，我很惊讶地发现它们在
我的回忆里一点也不清晰，就像我回忆不起刚做牧师时
候的事情那样；因为常常把一件事和另一件事混淆，巴尔
惠德尔夫人告诫我说不应该再继续写下去了。然而，上帝
啊，请让我尽力完成这项工作吧，在我这一生中，不管做
什么，我都是要拼尽全力的；在聪明且善解人意的巴尔惠
德尔夫人的帮助下，我想我可以光荣地完成这项任务，这
是我现在唯一的心愿；我写这些不是为了这虚荣的世界，
但是为了让子孙后代知道在我们的时代发生了多么大的
改变——所有见多识广的大作家都说过，人类历史上的
任何一个时代，都无法与当今的时代相提并论。

由于纺织厂的倒闭，有些事务到今年春天还没解决，
在冬天有很多人受了苦；但是，我们人民还追随着公司，

他们耐心且顺从地忍受着公司分配给他们的份额，甚至在流浪汉中都没有人想要放弃。

那天，开纳尔会议厅开门了，当时是夏天，我看到我的教堂里这些空着的座位，心里倍受打击，人们这样考虑不周，有一些人我以前一直印象不错的，他们都去听开幕讲话了。那天撒旦获得了力量，他和过去一样，想要打击我；当我环顾四周看到空空的座位时，堕落的念头进入我的脑海，我忘了用记忆中的祈祷词祈祷；当我为基督教的各个教派、为信徒、为异教祈祷时，我没办法把分裂者也囊括在内，相反我恳求上帝，一定要让卡杨村正在集会的分裂者难堪，当我后来回忆当时的想法时，我非常悔恨。

过了一周之后，长老们集体来到我的住处，在表扬了我一生的工作后，他们说我正在变老，他们认为应该用一种最好的方法来证明他们对我的尊重，于是他们都同意给我找一个助手。但我那时没有听从他们的建议，因为我觉得我发表演说的能力丝毫没有减弱；相反，我发现我变得更好了，因为我现在可以很轻松地滔滔不绝地说，可以比十几年前多说整整半小时以上。因此，这一年我没有辞去职位，但是在冬天，每到天气恶劣时，巴尔惠德尔太太就会担忧，我还需要去布道，简单来说，我还如此热爱我的工作，于是我开始觉得应该遵循我的朋友们的建议了。因此，在冬天的时候，长老们开始四处寻找帮手，到了春天,有一天天气很阴冷,几个年轻人使我卸下了布道的重任。所以现在我还要继续记录,能在这样平静的气氛中,不被打扰地把我的历史写到今天,我非常感恩。

第五十一章 一八一○年

结语——我最后一次去教堂——教会民众送给我一个银盘——继续主持婚礼和洗礼

我的职责就快结束了；在记录我任职期间的最后一段时间,笔发出的声响也在告诫我说,我的生命是飞逝的时光背上的负担,他将不得不把我留在他的大石屋,也就是坟墓中。的确,我的年龄一直在提醒我为剩余的时光早作打算,我仿佛透过越来越黑的窗户,看到眼前的景象也暗淡下去,我知道黑夜要来了,耳朵像被一扇门紧紧地关上了,这世界上所有愉快的声音都被关在了外面,连我朋友的声音都听不见了,好像我被封闭在监狱里。

我比大多数人的寿命长,在我的一生中,尽管我们的国家越来越繁荣,且这种繁荣波及每个人,但我还是看到过许多沧桑变化、起起落落。我看着它们像绿色海湾里的一片树林一样蓬勃生长,看到它们变得荒凉孤寂,树枝分散开来。但是,在自己的世界里,我积累了很多宝贵的经验。

在刚刚上任时,我被责骂,被否定,但我用自己真诚的努力证明了一个忠实的牧师是受到上天庇佑的,而且必将收获臣民的爱戴。也许是老年人的虚荣心在作祟,我认为这也源于我个人的优点,这使得上帝惩罚了开纳尔的分裂主义者,因为我当时愤怒到失去了判断力,我的愤怒使一条裂纹迅速演变成了明显的分崩离析,如果采用更温和的手段,裂纹本来可以弥合的。不过,我承认我的错误,并把脸转向我的敌人,等待他们的惩罚;我现在知道了,这是智慧的手指的杰作,织布工们在上帝这里兴风作浪,但结果注定什么也改变不了,这远远好于他们去国王那里胡作非为,带来危害。但是,在这个问题上,我就像美国战争中高尚的统治者;虽然我从此失去了一部分臣民对我的忠诚,就像他失去了美国的臣民;但是在分离产生以后,我能够表现得更加得体,因为他们自发地对我表现出爱戴与尊重;为了避免显露自己的虚荣,对此我在这里不加赘述。但有一件事我必须记录下来,因为它不仅是我的荣耀,也是他们的荣耀。

当人们得知这是我的最后一次布道时,每一位听过我演说的人都对这一天格外重视起来,其中很多都是从开纳尔会议厅赶到我的教堂的,为了表示对我的尊敬,人们成群结队地站在路边,从教堂门口一直到我的住所。不久后的一天早上,同胞们组成了代表团,在他们的主教带领下来到我的住所,赠送给我一个银质的盘子,他们愉快地说,银盘象征着他们对我的尊敬,尊敬我无可指责的一生,以及我对周边各个派别的穷人的善行;盘子上有字迹很漂亮的题词,是一名织布工人小伙子写的。这样的事情在我任职的初期简直堪称奇迹,但读书和教育一直在快速发展,与此相伴的是很多人闻所未闻的丰富思想的到来,给人们带来很多相反的信念和学说,彼此进行更加人道的交流,结果,在知识温和的作用下,时间终将发展到那天,天主教之猛虎将与宗教改革的羔羊同时倒下,大主教的秃鹰也将与长老会教的白鸽一样无害;那些独立派、重洗派,以及基督教的其他任何派别,甚至不要忘了上帝面前那些可怜的小鸟,中产阶级市民和反中产市民都会被上帝之手选中,不再惧怕任何诱惑。

接下来的星期日,在我的告别讲话后,我挽着巴尔惠德尔夫人的胳膊,手里拿着拐杖,走到自己的座位坐了一会儿,但由于我的耳朵聋了,听不到声音,我从此以后再也没有去过教堂。但我的人民仍然喜欢让我给他们的孩子取名字;而年轻人,例如那些变得严肃的年轻人,都希望我来主持他们的婚礼,他们说,那是因为他们相信一个年迈的福音牧师的祝福会带来好运。但即使是这些有限的工作,我也必须放在一边了,巴尔惠德尔太太在我祈祷时会时不时地打断我，因为我有时会出神——对新娘和新郎说起浸礼仪式上的祝福，好像他们已经为人父母了一样。然而还能用清醒的头脑把这本书写到最后，我真的很感恩；但这就是我最后的任务了，事实上我也真的没有什么别的可说，只想给天堂里的每一个人送上祝福，希望我很快也可以到那里去，见到那些年迈的分别已久的我的人民，尤其是第一任和第二任巴尔惠德尔夫人。

全书终